大正仇恋戯曲
あやかし帝都のジュリエット

住本優

ポプラ文庫ピュアフル

目次

序章　005
第一章　紅蓮野家と青梅家　017

第二章　銀の弾丸はこの手の中に　087
第三章　そして仇恋が終わる時　187
終章　239

序章

——物悲しげな桜だ、と幼心に朱里《じゅり》は思った。

幕府が倒れ、五十余年。現在は御上《おかみ》のお座《わ》す宮城《きゅうじょう》、その小さな庭園に寒緋桜《かんひざくら》が咲いていた。父は大人同士、離れた場所で誰かと何事かを相談し合っている。なんとなく子供がいては邪魔だろうと察し、朱里は一人離れて、桜の木を眺めていた。

立派な大木であった。青空の下で広がる枝葉は、帝國が掲げる富国繁栄の象徴のようだ。だが寒緋桜の花は一様に頭を垂れている。そういう花だ、と言われればそれまでだが、朱里はどこか悲哀を感じずにはいられなかった。

冬の名残を含んだ風が、朱里の艶のある長い髪や浜縮緬《はまちりめん》の着物を揺らした。煽られた袖を押さえようと手を伸ばす。

すぐ近くで、ざり、と草履《ぞうり》で地面を擦る音がした。

はっとして、朱里は振り返る。

気づかぬうちに、見知らぬ少年が立っていた。

年頃は朱里よりも少し上だろう。あどけない顔の中に、すでに男らしい精悍《せいかん》さが見受けられた。立派な紋付袴《もんつきはかま》を身に纏い、堂々たる姿である。しかし朱里を見つめる黒い双眸《そうぼう》は、大きく見開かれていた。

「君は……もしや、桜の精……？」

感嘆交じりの口調に、朱里は目を丸くした。精霊に見立てられたことなど、六年間の人生で一度もない。

ましてや――退魔士《たいまし》の家に生まれたのなら、精霊は軽々しく口にするものではない。精霊とは大いなる自然の力を司る存在であり、呪術を扱う者としての基本だ。

今、ここに――年に一度、退魔士達が御上に謁見するための場――『清庭《さやにわ》の会』にいるのであれば、彼もまた退魔士の家に生まれた者だ。

退魔士としての心構えを説くか否か、朱里が考えあぐねている間に、少年は我に返ったように目を瞬き、頬を赤く染めた。

「すみません。こんなことを言うつもりでは」

朱里は少年を凝視した。

「私は人です。名前だってあります、私は――」

「待って。いけません、名乗っては」

言われ、朱里はとっさに押し黙る。退魔士はお互い、名を明かさない。特に姓と名の両方――真名《まな》を摑まれれば、呪いの的となる。

つい先刻《せんこく》まで窘《たしな》めるつもりであったのに、立場が逆になってしまった。気まずくて視線を逸らす朱里に、少年はやおら歩み寄ってきた。

腕を伸ばしても届かぬほどの間を空けて、少年は止まった。朱里ではなく、寒緋桜を見ている。

「綺麗に咲いていますね、とても誇らしげに」

「そうでしょうか。私にはなんだか悲しげに見えます。……だって花が全部、下を向いてるじゃありませんか」

朱里は自身の足下を睨んだ。白い足袋《たび》や赤い鼻緒も、どこか褪《あ》せて見える。

ここ一月《ひとつき》、こうして陰鬱《いんうつ》になることが多かった。尋常小学校の友人にも心配をかけている。

「——何か、悲しいことがあったのですか？」

頭の上に優しい声が降ってきて、気がつくと顔を上げていた。

少年が包み込むような眼差しで、朱里を見つめている。

心配とも同情とも違う、ただありのままの感情を受け止めてくれるような表情に——朱里は知らぬうちにくしゃりと顔を歪めていた。

「……お、お母様が、先月、亡くなったの……」

堰《せき》を切った感情はもう止まらなかった。

「仕方ない、分かってる。去年の流感《りゅうかん》で親を亡くした子なんてたくさんいるもの。だけど、だけど、あんな、酷いお姿——」

母の死に様が脳裏に浮かび上がる。頰を大粒の涙が伝った。

「う、ううっ……おかあさま……お母様……」

少年はしばらくの間、何も言わなかった。

満開の寒緋桜が放つ香気が、辺りに漂っている。

ひとしきり泣いた朱里は控えめに洟《はな》をすすりながら、恐る恐る顔を上げた。

　少年は先刻と変わらず、包容するように朱里を見つめていた。

「――俺も君と同じだ。一昨年、母を亡くした」

　気安い口調の告白に、朱里は目を丸くした。

「あなたも……？」

「ああ。だからといって、君の気持ちが全部分かるとは言わないけれど。――ちょっとおいで」

　優しく手招きされる。大泣きした手前、きまりの悪かった朱里は無言で従った。

　朱里が隣に来るのを待ち、少年は桜を真っ直ぐ指差した。

「花が下を向いていたとしても、こうして見ると懸命に咲き誇っている」

　それは木の真下に行かなくては知り得ない光景だった。紅色の花が陽光に照らされ、ぼんぼりのように輝いている。一つ一つの花弁が儚くも美しく、そして気高い。

「綺麗……」

　朱里はじっと見入る。俯いていたはずの寒緋桜は凜として、強《したた》かささえ感じた。自分もあのようになりたいと憧憬《どうけい》を抱くほどに。

　しばし黙っていた少年が不意に言った。

「強くていい目だ。君なら、きっと大丈夫」

　春風が二人の間を通り抜けた。桜の花弁がはらはらと舞い落ちる。

「あっ、少しそのままで」

ふと、少年が朱里の前髪に触れた。親指と人差し指で一枚の花びらを摘まんでいる。

「えっ――?」

子供とはいえ、身内以外に髪を触れられたことがなかった朱里は、驚いて前髪を押さえた。一方の少年もかあっと目元を染めている。

「ごめん、思わず……。取ってあげなきゃと思って」

手の中の花びらをもじもじと弄ぶ少年を見て、つい、朱里は小さく吹き出した。

「……ありがとう」

すると、少年はますます真っ赤になって俯いた。

大人びたことを言うかと思えば、年相応に照れた顔を見せる。朱里は困惑しながらも、彼に興味を抱かずにはいられなかった。

白磁《はくじ》の頬に朱が差している。大きな瞳は黒曜石のようだ。背が高く、足が大きくて、しっかりとした体つきをしている。梅と五芒星《ごぼうせい》の紋が入った紋付袴がよく似合っていた。袴の裾が少し足りていないので、誂《あつら》えている間に成長してしまったのかもしれない。

そこまで考えて、朱里はふと、彼の袴の後ろに動くものを見つけた。風に揺れるすすきのようにふわふわとしたそれは――。

「……犬の、尻尾?」

考える前に呟いていた。宮城で飼っている犬がいるのだろうか。だとしても放し飼いにするとは思えないが――。

　すると、少年は慌てて尻尾のようなものを後ろ手に隠した。

「俺は――その、まだ未熟者で」

　未熟者？　一体、何の話だろう。朱里が質問を重ねようとした、その時だった。

「――そこで何をしているッ！」

　胴間声《どうま》が静寂を打ち破った。心当たりのある声に、朱里はびくりと肩を竦める。

　大股で近づいてきたのは、朱里の父・紅蓮野《くれの》眞源《しんげん》であった。顔は歪み、ぎょろりとした目が怒りに燃えている。

　眞源はあっという間に朱里の前までやってくると、乱暴に手を取った。痛みを感じたが、朱里は悲鳴を呑み込んだ。

「大人しくしていろと言っただろう」

「申し訳ありません、お父様」

　朱里は涙目になりながら謝罪した。何故、父が憤慨《ふんがい》しているのかまるで分からない。

　眞源はずいっと、朱里と少年の間に割って入った。

「娘に何を吹き込んだ。穢《けが》らわしい妖魔め」

　朱里は息を呑んだ。妖魔？　この少年が？　だがここは宮城だ。物理的にも呪術的にも、帝都でもっとも警護の固い場所であり、妖魔が入り込めるわけがない。

　けれど少年は苦しげに唇を引き結んだ。突然現れた眞源に驚いている風でもあり、さらには『妖魔』と呼ばれることに、返す言葉もないように見える。

そこへ、もう一つ、今度は聞き慣れない声が割り込んだ。

「神聖なる『清庭の会』において、随分な言い草ですな」

少年の後ろからゆったりとした足取りで現れたのは、父と同じ年頃の男性であった。少年と同じ家紋の入った紋付袴姿で、細面に銀縁の丸眼鏡をかけている。

「父上……」

場所を譲るように少年は一歩退いた。代わりに眞源と対峙したのは、少年の父親だ。

「もうすぐ会が始まります。急がれてはいかがか」

「そのままそちらに返そう。妖魔の血を取り込んでまで、家の繁栄を願われたのだ。御上の覚えが目出度《めでた》くなるよう、せいぜい尻尾を振ればいい」

見えない雷電が二人の間に迸《ほとばし》っている。先に折れたのは少年の父の方だった。小さく鼻を鳴らして、踵《きびす》を返す。少年は朱里を見つめていたが、立ちはだかる眞源に気圧《けお》されたのだろう。目を伏せて、大人しく父の後を追った。

嵐のような出来事に、朱里は立ち尽くすしかなかった。眞源は去りゆく父子の背中を睨み付けながら、唸るように言った。

「朱里。あれが青梅《おうめ》家の連中だ」

「青梅家——」

父の口から幾度も聞いたことのある名を、朱里は繰り返した。

——青梅家。

朱里が生まれた紅蓮野家と並ぶ、退魔士の大家である。

古くから、紅蓮野家と青梅家は激しく反目している。

発端は平安時代にまで遡る。

青梅家の先祖である陰陽師が、京の流行り病を鎮めるべく祈禱《きとう》を行った。だが病は収まらず、朝廷はさらに紅蓮野家の先祖へ儀式を依頼した。

儀式は無事成功し、病に苦しんでいた人々は助かった。だが、その直後から紅蓮野に連なる人間が次々と死んでいく。彼らの成功を妬んだ、青梅の呪詛だとされた。そこから泥沼の争いが始まった——らしい。

以来、両家は大正の世の今に至るまで、先祖代々の恨みを抱えている。

朱里にはそんな大昔、何があったのかは分からない。ただ少年と話していたことで父の怒りを買ってしまった、その後ろめたさだけがあった。

黙り込む朱里に、眞源が重々しく告げた。

「奴らは人と妖魔の血を引く、悪鬼だ。人の身でありながら、妖魔の力を使う」

朱里は少年の背後にちらついていた尻尾を思い浮かべる。こんなところに獣がいるのかと最初は思ったが、違った。きっと——彼もまた妖魔の血を引いているのだ。

「幕末期からは、異邦の妖魔を娶ってまで、積極的に血筋を穢しているという」

朱里、と父は静かに呼びかけた。

「そして——時子《ときこ》を、お前の母をあのように無惨な姿にしたのは、奴らよ」

「え……」

朱里を見つめる眞源の瞳には一点の曇りもない。父の言葉が真実なのだと悟った瞬間、さあっと血の気が引いていくのを感じた。

母・時子は先月、亡くなった。自宅の庭で倒れているところを、朱里が発見した。

だが、それはただ亡くなったのではなかった。

あれほど美しかった母は変わり果てていた。その姿はまるで木乃伊《ミイラ》だった。全身の血という血を抜かれ、瑞々しかった肌は荒野のように乾き、ひび割れていた。

あの母の遺体を目にした瞬間、朱里の心は一度、砕けた。それはもう二度と塞がらない傷となった。

「異邦には人の生き血を吸う妖魔がいるという。紅蓮野の本邸の強固な結界を破り、下手人は侵入したのだ。呪術に精通し、尚且《なおか》つ妖魔の血を引く者。青梅の半妖——奴ら以外にそれが可能な者はおらぬ」

芯から冷えていた体に、やがて小さな火が灯った。

それは瞬く間に、朱里の内で身を焦がすほどの怒りとなった。

少年との交流は記憶の彼方——否、何も知らない自分に近づいて、声を掛けてきたことが憎い。朱里が母の死を語っていた時、同情していた態度も白々しく思える。

「あれが……お母様の仇――」

胸の前で拳を握りしめる。目の奥が熱を帯び、視界がぼやけていく。それでも朱里は決して涙を零すまいと、奥歯を噛み締めた。

「――左様。その魂に刻め、朱里」

父もまた憎悪を込めた口調で、低く唸る。

「青梅家を打倒することこそが、我ら一族の――そして私達遺された者の悲願なのだ」

第一章

紅蓮野家と青梅家

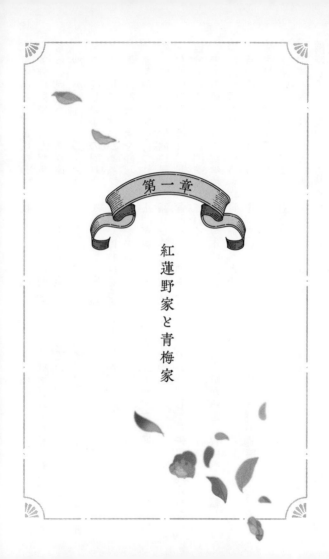

「――あら、ご覧になって。我が女学校の『ジュリヱット』様よ」

多分に揶揄《やゆ》を含んだ声が、校舎の陰から聞こえてくる。紅蓮野朱里が長い髪を翻してそちらを見やると、学友達がくすくすと忍び笑いを漏らしていた。

沙翁《シェイクスピア》の戯曲になぞらえて、名前が『朱里』だから『ジュリヱット』――くだらない渾名《あだな》だ。姦《かしま》しい小鳥の囀《さえず》りに耳を貸している暇は無い。

――私には使命がある。果たさなければならないお役目が。

朱里は颯爽と袴を翻し、学び舎を去る。

赤茶色の門柱を持つ鉄製の正門が見えてきた。満開の桜並木が、文字通り花を添えている。時は夕刻。生温《なまぬる》い風が、盛りを終えて散りゆく花弁を弄ぶ。

女学校の生徒達は、迎えの者と共に自動車へ乗り込んでいる。しかし朱里は迎えもなく、自分の足で一人、正門を離れていく。

朱里の通う華族園女学校は、十数年前の火災を受け、永田町《ながたちょう》からここ青山《あおやま》へと移転した。歩けば少しも経たないうちに青山通りへと出る。

背の高い建物に挟まれた路《みち》を、赤い市電が走っていった。市電が通り過ぎるのを待ち、朱里は青山通りを渡った。

郵便局の角を折れ、青山霊園を過ぎる。

中流家庭の住宅が多い青山の一角に、淀《よど》んだ空気の小径《こみち》があった。その一帯には今にも倒壊しそうな長屋が建ち並び、絶えず饐《す》えたにおいが鼻を突いた。ここでは日に五銭も稼げないような人々が、身を寄せ合って暮らしている。

そこへ突然、身なりのいい女学生が現れたのだ。人々の好奇の目が矢のように突き刺さった。大人も子供も、皆が一様に朱里を眺めている。

衆目を振り払うように、朱里は足を速めた。目的地はこの奥――数十年前に廃仏毀釈《はいぶつきしゃく》運動の煽りを受け、打ち壊された寺だった。

「ここね……」

小さな廃寺を見回す。崩れた本堂の屋根や穴の空いた壁が無惨にさらされていた。他には墓地しかない。境内《けいだい》にある桜だけが華やかで、酷く場違いだった。

「ここに『幻影男爵《げんえいだんしゃく》』が現れたという話だけれど……」

――幻影男爵。

それは今、帝都を騒がす怪人の名だった。

夜闇に紛れて女を襲い、体中の血という血を吸い尽くすという、殺人鬼だ。最初の事件は赤坂《あかさか》、次いで神田《かんだ》、浅草《あさくさ》、そしてここ青山――すでに帝都で四人の死者を出している。

朱里は廃寺に足を踏み入れ、境内をゆっくりと巡る。

怪人の正体は未だ判然としない。黒い影を纏い、霧のように消える――という、あやふやな目撃談から幻影男爵の名がつけられた。背が九尺もある偉丈夫《いじょうぶ》だという話もあれば、女ばかりを誑《たぶら》かす魅惑の美男子だという説もある。神出鬼没にして、悪逆無道。新聞は面白可笑しく書き立てるばかりで、噂だけが一人歩きしている。

唯一の真実は、残された被害者の遺体だ。

血が抜け、青白くなった体。水分を失い、乾ききった肌。首には血を抜いた跡と思しき二つの穴があり、それ以外に外傷はない。

だが小さな穴二つ程度で全身の血を抜くことができるわけがない。

幻影男爵が只人《ただびと》であるかは疑問視されていた。

朱里を始めとする——退魔士達の間では。

「妖魔の仕業に違いないわ」

幻影男爵は退魔士の敵である妖魔だ。

朱里の使命は、退魔士として幻影男爵を調伏することである。

さらに、朱里には個人的な思いがあった。

被害者達の死に様は——似ている。

幼い日に目撃した、生涯忘れられないであろうあの光景と、酷く似ている——。

すでに辺りは暗くなっていた。日没までに調査を終えようと、本堂の裏に回る。すると縁の下からぼうっと赤い光が漏れているのに気づいた。

朱里は思わず足を止めた。草履の裏がざりっと地面を擦る。

その音を聞いたか、縁の下から「なぁん」と鼻にかかった鳴き声が聞こえた。

「猫……?」

腰を屈めて覗き込むと、年老いた猫が足を折りたたんで座っていた。その猫は全身からゆらゆらと火を放っている。

老猫の正体は『火車《かしゃ》』という墓荒らしをする妖魔だ。特に悪行を重ねた者の死体を好む。寺の墓地を狙ってやってきたのだろう。しかし呼吸が浅く、大分弱っているようだ。

「墓までたどり着けなかったのね」

朱里が火車に腕を伸ばした、その時だった。

地響きとともに、本堂の屋根が大きく陥没した。濃い土埃に視界が覆われる。思わず火車を抱きかかえた朱里の首筋に、ひりつくような怖気が走った。今までに幾度となく感じた殺気——これは妖魔に狙われている時の感覚だ。

「——ッ！」

朱里は火車を抱いたまま、本堂から距離を取った。もうもうと上がる土埃の奥に、細く長い影がゆらめく。

人影——のようだった。縦に長く伸びた体軀《たいく》はひょろりと細い。濃い墨で塗りつぶしたような姿で、顔はおろか何を身に纏っているのかすら分からない。黄昏《たそがれ》時だということを勘案しても、まるで陽炎《かげろう》のように正体が摑めなかった。

「何者です」

朱里の誰何《すいか》の声に、人影は揺らめくのみだ。それでも厳しく睨むと、影が声を発した。

「我、は——」

酷く掠れて聞き取りづらい。おそらく男のものだと思うが、判じかねる。

「我は――貴様らが、こう呼ぶ者……」

一瞬とも永遠ともとれる一拍の後、男は口にする。

「影幻《かげまぼろし》、と――」

朱里は声を上げそうになるのを、すんでの所で呑み込んだ。

影幻――すなわち、朱里の捜し求めていた幻影男爵に違いない。

ただ幻影男爵とこうして言葉を交わしたという話は一向に聞かない。おそらく朱里が初めてなのではないかと思われた。

この機を逃す手はない。朱里は慎重に言葉を選んだ。

「お前が昨今、帝都を騒がす幻影男爵か」

「左様」

「帝都の至る所で四人を殺し、血を抜いた」

「否」

朱里は眉を顰《ひそ》める。自分の罪を逃れようというのか、と思ったが、しかし――。

「我は、鬼。人の血を喫する、鬼――」

それを聞いて、朱里の脳裏に閃くものがあった。

人の血を吸い、食らう鬼――西洋の『吸血鬼』という妖魔だ。

洋行帰りの者にでもついてきたのか、それとも異人と共に入り込んだのか。人も物も海を越えて活発に行き来する昨今、妖魔もまた日本のものと異国のものが混在している。どちらも文明の光が届かぬ闇の中、人に隠れ暗躍しているのだ。

当然、現世の退魔士たる朱里は古今東西の妖魔に精通している。

吸血鬼の伝承は様々あるが、長い両の牙を持ち、それを人の首筋に突き立て、血を吸うという。

唐突に幻影男爵の顔の辺りが横に深く裂けた。口だ――笑っている。そしてそこには朱里の推測を裏付けるように長い犬歯が覗いていた。

瞬間、朱里の脳裏で、幼き日の光景が弾ける。

仰向けに倒れた、青白い母の体。首筋に錐《きり》を二本突き立てられたかのような、傷――。

かっ、と頭に血が上り、気がつけば詰問していた。

「――十年前、お母様を殺したのはお前か！」

それを聞くなり、幻影男爵は後ろに飛び退った。途端、影の輪郭が朧気《おぼろげ》になっていく。

幻影男爵はそのまま空気に溶けるようにして、消えていなくなった。

「あっ……」

慌てて手を伸ばすが、そこには黒いもやがあるのみ。吸血鬼は霧に変じることができるという。ならば幻影男爵はまだあそこにいる。

「待ちなさいっ！」

朱里は駆け出した。しかし不意にドンッ、と鈍い衝撃が本堂から発せられる。

急な事態に朱里は動きを止めた。本堂の屋根が完全に壊れている。土煙がもうもうと立ちこめ、幻影男爵であろう霧とともに風に乗って消えていく。

――何かがいる。おそらくは新手の妖魔が。

幻影男爵の発した霧はすでにない。取り逃がしてしまったが、悔やむのは後だ。

やがて土煙が恐れ戦くように左右へ引いた。現れたのはまさしく異形だった。

西洋の甲冑を身につけた騎士が、血を固めたような赤い瞳の馬に跨っていた。騎士は腕に髑髏《どくろ》を抱えている。その代わりというわけではないだろうが――騎士には首から上がない。

尋常ではない威圧感の中、朱里は毅然《きぜん》と騎士へ向き直る。

「お前は『首無し騎士』か……」

古くから西洋に伝わる妖魔だ。首のない男が首級を抱え、黒馬に乗っているという。悪しき妖精であり、死を予言する存在として恐れられている。

なんと間の悪いことか。幻影男爵を目前にしておきながら。

だが無理矢理にでも意識を切り替える。でないと殺されるのはこちらだ。

朱里は持っていた風呂敷包みと火車を手放すと、袂《たもと》から紐を取り出し、さっとたすき掛けにした。そして帯の中から呪符を一枚取り出す。文字と、それから火炎宝珠に剣が三本描かれた図がある、紅蓮野家に伝わる秘伝の呪符だ。

「――オン・ガルダヤ・ソワカ」

呪符が瞬く間に燃え上がった。火は朱里の手を中心として上下に長く伸び、やがて炎を纏った薙刀《なぎなた》の形を取る。

「……ウ、ゥ……」

炎に照らされた首無し騎士は、地を這うような唸りを上げた。伝承によると、この妖魔は人目に晒されることを極端に嫌うのだという。

黒馬が激しく嘶《いなな》いた。首無し騎士は手綱を強く引き、馬をこちらへけしかける。一気に彼我《ひが》の距離を詰められた朱里は、しかし臆することなく薙刀を振るう。

「はぁッ！」

力強い踏み込みからの打突を繰り出す。狙ったのは馬だ。

馬の首に、薙刀の切っ先が突き刺さる。

甲高い悲鳴が上がる。馬は前足を高々と上げ、しきりにばたつかせた。騎乗者が落馬してもおかしくはないが、首無し騎士は鞍《くら》にぴたりと張り付いたままだ。

「やあ！」

一度、薙刀を引き、今度は馬を袈裟《けさ》斬りにする。さしもの妖魔も後退った。

――いける。

好機と見て、朱里がさらに追い打ちをかけようとした。

しかしそこで、視界に妙なものが映った。

首無し騎士が首を抱えている方とは反対の手に、何か持っていた。それは粗末な木桶だった。桶を満たしているのは――赤々とした血だ。

首無し騎士は木桶を大きく左右に振った。鮮血が宙を舞う。朱里は首無し騎士が『自身の姿を見た者に血を浴びせかける』という伝承を思い出した。

穢れた血を被れば、どんな呪詛を受けるか分からない。しかし初めて見る妖魔の攻撃に、とっさに体が動かなかった。

「くっ……！」

朱里が思わず歯噛みした、その刹那だった。

「──危ないッ！」

聞き覚えのない、若い男の声が廃寺に響き渡った。

朱里に降り注ごうとしていた血は、見えない何かによって阻まれる。まるで大きな硝子の壁が、朱里を覆ったかのように。

注視すれば──それは水だった。薄い流水の膜が、朱里と首無し騎士を隔てている。

間違いない、呪術だ。朱里を守った者は退魔士だ。

朱里は素早く声がした方を振り向いた。

廃寺の入り口から、背の高い青年が現れる。

帯青茶褐色の軍服に身を包んでいる。軍帽の下の顔は端整で、意志の固そうな黒目がちの瞳が印象的だった。腰にはサーベル、足元は長靴。紛うことなき陸軍の軍人である。

青年は手印を結んでいた。今、作り出している水の壁の術だろう。

「こちらが守りを固めます、貴女は妖魔の調伏を！」

朱里は我に返って、眼前を見た。

「ア……ァァーーア」

首無し騎士は自らの姿を鏡や水に映されることを嫌う性質がある。今度こそ、好機だ。

朱里は足を大きく踏み込んだ。水の壁を越えて、大上段に薙刀を振りかぶる。

「はああッ！」

炎が、一閃した。首無し騎士は馬ごと真っ二つにされ、黒い靄となり霧散した。

――廃寺に静寂が戻る。

炎の薙刀が風と共に消える。桜の花びらが風に乗って、流れていく。花弁の行く末をなんとはなしに目で追っていると、青年軍人の強い視線とぶつかった。

彼は信じられないものでも見たかのように、朱里を凝視している。あまりにも無遠慮だったが、青年の目には一切の厭味が無く、眩しいほどに透き通っていた。無垢な幼子の憧憬を一身に受けているようで、やや狼狽してしまう。

「貴女は、もしかして――」

青年はついといった様子で一歩踏み出す。見知った人物かと思ったが、いくら頭の中を探っても記憶にない。

「どこかでお会いしたことが？」

やや警戒心の含んだ口調で返すと、青年は慌ててかぶりを振った。そして表情を隠すかのように軍帽の鍔《つば》を深く引く。

「いえ、なんでもありません……。忘れてください。それより妖魔の調伏にご協力いただきありがとうございました」

軍人らしからぬ慇懃《いんぎん》な態度に、朱里は毒気を抜かれた。相手が礼儀を尽くしているなら、こちらもそうせねばならない。朱里は深々と頭を下げた。

「こちらこそ危ないところを助けていただき、ありがとうございました」

顔を上げると、青年は気まずそうに視線を逸らしていた。先ほどの毅然とした佇まいはどこへやら。おかしな方、と心の中だけで呟いた後、気がかりだった老猫の姿を探す。

「そこにいるのは火車ですか？」

青年は朱里に歩み寄ってその足元を覗き込んだ。力なく伏せっている猫――火車を。

「……調伏するのですか」

青年が緊張を孕んだ声音で尋ねてくる。朱里は慎重に火車へ手を伸ばした。

「いいえ。退魔士が調伏するのは、人に仇為す妖魔のみです」

朱里は火車を抱き上げると、廃寺の隅にある墓まで連れて行った。一番手近な墓のそばに老猫の矮軀《わいく》を置いてやる。火車の表情が僅かに安らいだ。

「墓暴きは褒められたことではありませんが、少なくとも火車は生者に害を為しません」

「……なるほど」

朱里は改めて、青年と向き合う。目を柔らかく細めていた青年は、おもむろに軍帽を取った。黒い髪はさっぱりと整えられている。

「申し遅れました、俺は葵清司郎《あおいせいしろう》。陸軍第一管区所属の下士官です」

陸軍に退魔士がいることは知っていた。とはいえ、陸軍の秘密主義は有名であるため、その実情は深く知り得ない。

それよりもさらりと名乗った青年――清司郎の眉間に、朱里はひたりと視線を据えた。

「貴方は退魔士なのですよね。それほど容易く他人に真名を教えていいのですか」

幾分、剣呑《けんのん》な言い方になってしまう。しかし清司郎は何故かふっと親しみの込もった笑みを湛えた。まるで昔馴染みにでも再会したかのように。

「ええ、もちろんこれは表向きの偽名です。ただし清司郎は本名ですので、できればそう呼んでください」

清司郎の明るい声色に、朱里は戸惑い、思わず言われた通りにした。

「……清司郎さま」

「はい」

端整な顔立ちが柔和に緩んだ。反射的にこちらも名乗ってしまう。

「私は……朱里、と申します」

「朱里さん」

噛み締めるように繰り返され、朱里は困惑した。先刻から調子を狂わされっぱなしだ。神の身ならぬ清司郎にそんなことを知る由はないが。

「俺はとある妖魔の捜索をしていたところ、騒ぎを聞きつけてきました。先ほどは見事なお手並み、恐れ入りました」

「とある妖魔——とは、もしかして幻影男爵ですか?」

「ええ、ご明察です」

なるほど、ついに幻影男爵は陸軍も追う存在になったのか。

「ところで、朱里さんはどうしてこのようなところへ?」

「貴方と同じです。幻影男爵を捜しにきました」

「お一人で、ですか? 危険では?」

「私はこう見えても一人前の退魔士です」

朱里はきっと清司郎を睨んだ。すると、清司郎は叱られた犬のように悄気《しょげ》る。

「ええ……。それは、重々承知しています。失礼なことを言いました、すみません」

とっさに「やってしまった」と内省した。いつもこうだ。人を突っぱねて、いらぬ敵を作る。女学校での人間関係はもう諦めたけれど、何故だろう、この気の良い青年にまで敵意を向けられるのは——心許ない、と思ってしまう。

だって……そう、だって清司郎は幻影男爵を追っている軍人だ。陸軍が現時点で得ている幻影男爵の情報を、できるだけ引き出さねば。

どうしたものかと思案していると、清司郎が軍帽を僅かに上げ、廃寺を見回した。時が経って日が沈み、辺りは宵闇に沈もうとしている。

「ここは幻影男爵による事件があった場所です。まさか他の西洋妖魔に遭遇するとは思いもしませんでしたが。見たところ他に手がかりはなし。……とんだ無駄骨だったようです」

「他の西洋妖魔……先ほどの首無し騎士のことですね。ということは、やはり幻影男爵は海の向こうから来た妖魔ということですか」

清司郎は一瞬目を瞠《みは》ったが、瞬時に表情を引き締める。

「ええ、その通りです。そして朱里さん……『やはり』と仰るからには、貴女は彼奴《きやつ》の正体に心当たりがあるということですね」

うまく言葉尻を捕らえたはずが、清司郎もまたこちらの細かな言い回しから情報を得ていた。ただの物腰柔らかな青年というだけではないらしい。朱里は神妙に頷いた。

「被害者の様子から東欧の伝承にある『吸血鬼』ではないかと推察していました。それから――信じがたいことかもしれませんが、私は先ほど幻影男爵に出くわし、言葉を交わしたのです。自ら、人の生き血を吸う鬼だと言っていました。そして『お前達が影幻と呼ぶ者』だとも」

「なんと」

清司郎が驚きの声を上げる。やはり現時点で幻影男爵と話をした者はいないのだろう。

清司郎の反応を鑑みるに、それは事実だと確信する。情報を得るにはこちらも情報を提供する他ない。

「幻惑でも使っているのか、姿は杳《よう》として知れませんでした。でも確かに見ました――左右二つの鋭い牙を。けれどすぐ霧となって消えてしまって」

「確か、伝承によると『吸血鬼』は霧や蝙蝠《こうもり》などに変化《へんげ》できるとか。何より退魔士の貴女が言うのです、信憑性はかなり高い……」

清司郎は顎に手を当て、証言を吟味している。朱里は毅然と顔を上げた。

「さぁ、次はそちらの番です。幻影男爵についてご存じのことを教えてください」

「すみません、そうしたいのは山々ですが。実を言うと、こちらは巷《ちまた》の噂ほどしか彼奴について知らず……」

清司郎も軍人だ、それもこの若さで下士官となると、いわゆる士官候補生だろう。嘘をついてでも機密を守るに違いない。

それではこちらの言い損ではないか。朱里の責めるような視線に、清司郎は眉尻を下げる。

「言えないのではなく、本当に何も分からないのです。申し訳もありません」

再三謝られては仕方ない。どちらにせよ彼が悪いわけではないのだから。

そっと嘆息し、朱里はふと頭上を見上げた。空には星々が瞬いている。

捜し求めていた幻影男爵と接触できた。けれどそれだけだ。また次も遭遇できるとは限らない。これからも今まで通り、噂を頼りに捜すしか――。

途方に暮れていた朱里を現実に引き戻したのは清司郎だった。

「朱里さん。代わりに、と言っては憚《はばか》られますが……。もしよろしければ、俺の協力者になっていただけませんか？」

「え？」

　思いも寄らぬ提案に、朱里は目を見開く。

「怪人と言葉を交わしたのは、帝都広しといえど貴女一人だけでしょう。彼奴が何故そのような行動に出たのかは分かりませんが、重要な手がかりになることは間違いない。それに朱里さんは腕の立つ退魔士です。──どうか、俺に力を貸してくれませんか？」

　竹の如く真っ直ぐな物言いに、朱里はとっさに口ごもる。

「私は、その……」

　退魔士同士が協力関係を結ぶことはそうそうない。同じ家の者同士であればいざ知らず、他家の者とは安易に交わらないのが慣習だ。

　平安の世、陰陽師が活躍していた頃に比べれば、大正の世の退魔士は足元にも及ばぬほど力が衰えていた。科学が発達し、電灯が夜闇を払う昨今、妖怪、物の怪、魑魅魍魎は──人々にとって忘れ去られた遺物である。

　それは妖魔を祓う退魔士とて同じ事だ。現代の退魔士達は数少ない手柄を奪い合う。御上に力を示し、自分達だけは生き残ろうと画策する様は──時に愚かしくすらある。

　だが、たとえどんな手を使ってでも、朱里は母の仇が討ちたかった。

　──討たねば、ならなかった。

「分かりました、願ってもないことです」

「良かった……！」

無邪気な笑みを浮かべ、彼は右手を差し出してくる。なにを要求されているのか分からないでいると、清司郎ははっとして手を引っ込めた。

「幼年学校の頃に師事していた仏語教師の癖がうつってしまって。あちらでは挨拶代わりに手を握り合うのです。決して不用意に貴女へ触れようとしたわけではなく……」

異人に知り合いがいないので、そういった習慣のことは分からない。が、朱里はしばらく考え込んだ後、おもむろに言った。

「文字通り、私達は『手を結ぶ』ということでしょうか？」

「はい、ええ。そういった意味合いでした」

「承知しました、では」

朱里は改めてこちらから手を差し出した。清司郎は慌てたように軍服で右手の平を拭き、朱里の手をおずおず握った。

男らしい、分厚い手の皮から体温が伝わってくる。夜気に冷え切った手がじわりと温かくなった。ぬくもりは手を伝い、腕を伝い、全身に広がっていく——。

家族以外の男性に触れたことに今更気づき、朱里はそそくさと清司郎の手を振りほどいた。少女らしい恥じらいもあるが、朱里は己の気が緩みかけているのに気づいた。何を絆《ほだ》されそうになっているのか。あくまで清司郎とは対等な協力関係を結ぶだけだ。もちろん幻影男爵を捕らえるまでの。

幸い、火照った体は夜風が冷やしてくれた。清司郎は風が生まれた方角を見やる。

「こんな寒い場所で長々とすみません。車がありますのでよければ家までお送りします」

「け、結構です。家の場所が知られては困ります……」

呪術で偽装してあるとはいえ、相手も退魔士ならば、その家の立地から朱里がどこの者であるか、看破してしまう恐れがある。

「それもそうですね。では、せめて安全な場所まで送らせてください」

朱里が頷いた、その時だった。

「ああ、もう、若！　こんなところにいたんですか!?」

境内の入り口の方から、軍靴の音が近づいてくる。暗闇の中目を凝らすと、若い軍人の姿が見えた。

歳は清司郎と同じ頃だろう。容姿端麗だが、硬派な清司郎よりも浮薄《ふはく》な印象だ。長めの髪、垂れ目がちな眦《まなじり》の下に泣き黒子が一つ。劇場のチラシに描かれていた役者を彷彿《ほうふつ》とさせる。

「ったく、心配させんでくださいよ。若に何かあったら怒られるのは俺なんだから……」

ここまで駆けてきたのだろう、軍帽を取って額の汗を拭いつつ、もう一人の若者は清司郎のそばにいた朱里に目を留める。

「おや、そちらのお嬢さんは？」

揶揄《からか》うような口調だった。「若も隅に置けませんね」と囁く彼を、清司郎は肘で突いた。

容赦の無い力加減だったようで、うっと呻き声が聞こえる。

「話はあとだ、七五三野《しめの》。彼女を大通りまで送るぞ」

「はいはい、了解いたしましたよ、伍長殿」

頭の後ろで手を組み、青年——七五三野はくるりと踵を返す。どうやら七五三野は清司郎の部下らしい。

「さぁ、参りましょう、朱里さん」

清司郎が微笑を浮かべて、促した。

大通りまで歩いている間、長屋に住んでいる人々がわざわざ家から出てきて、好奇の目で朱里達をじろじろと眺めていた。視線を断ち切るためか、先頭を行く七五三野は、懐から腕章を取り出し、おもむろに袖へつけた。そこには白地に赤い文字で『憲兵』と書かれている。すると人々の顔つきが変わり、皆、蜘蛛の子を散らすように逃げていく。

「貴方がたは憲兵なのですか？」

憲兵はいわば『軍事警察』だ。つまり軍隊の中の警察——軍人を取り締まる立場にある。今では軍内部のみならず、全国の市町村に配備され、各地の治安維持に当たっている。民衆からも軍人からも恐れられる存在だった。

「ええ。といっても、憲兵らしい働きはしていません。あ、あ、いう事態を扱うのに、隊ごと隠れ蓑にしているだけです」

もちろん妖魔がらみの事件を指しているのだろう。御一新《ごいっしん》前ならいざ知らず、古来の伝統・伝承が禁じられた現代、妖魔は対外的に『ないもの』となっている。御上や政府が退魔士の身分を公に認められないからこその、隠れ蓑なのだろう。

青山通りに出ると、黒塗りの車が一台駐まっていた。

「じゃ、お嬢さんは本当にここまででいいんですね？」

運転席のレバーを弄りながら、七五三野が念押しする。朱里が頷くと、七五三野は車体の前方に回りこんで、レバーを回した。エンジンがかかり、猛獣が唸るような音が響く。

さっさと運転席に乗り込んだ七五三野を横目に、清司郎が朱里に向き直る。

「早速、明日、お会いできますか？　件《くだん》の怪人についていて色々とお話ししたいことがあります。女学校の近くまで迎えに行っても問題ないでしょうか」

動くのは早ければ早いほど良い。首肯すると、清司郎は白い歯を零した。

「では、また明日。――おやすみなさい」

優しい挨拶が耳朶《じだ》を打つ。その声が存外心地いいと感じてしまい、朱里は困惑する。その間に清司郎は後部座席に乗り込んでしまった。車は青山御所の方へ走り、やがて北に折れていった。あちらは陸軍大学校や練兵場を始め、陸軍施設が集まる場所である。

車を見送り、朱里は踵を返した。気持ちが昂ぶっていた。雲を摑むようだった幻影男爵の捜索が一気に進展したこと、それに――思いがけぬ出会いが、新たな日々を予感させた。

紅蓮野家本邸は赤坂新坂町《しんさかまち》の一角にある。

青山通りから南に徒歩で十数分、女学校からもほど近い。夜になり、高台の住宅街はひっそりと静まり返っている。

朱里はとある家の門前で立ち止まった。大きな切妻《きりづま》屋根の立派な屋敷だ。

表札には紅蓮野とは違う名が書かれている。清司郎が姓を葵と名乗っていたように、退魔士は皆、通り名を持つ。朱里が女学校で使っているのもこの名字だ。

屋敷の敷地を跨ぐと、一瞬だけ周囲の景色がぐにゃりと歪んだ。

そこにあの立派な屋敷はなかった。

あるのは、年季の入った武家屋敷だ。といっても、もちろん紅蓮野家は武家の出ではない。十年前母が亡くなった後、この家に越してきた。

外観は結界が見せる幻惑である。父は結界術を得手としており、一人でこの結界を編み出し、維持している。

玄関に入っても、家はしんと静まり返っていた。朱里は自室に赴《おもむ》き、袴から袷《あわせ》に着替えた。その後すぐ裏庭に面した部屋へと向かい、襖の前で正座する。

「――お父様、朱里です。只今、帰りました」

ああ、と小さな応《こた》えが返ってくる。朱里は襖を開けて立ち上がり、畳の上に座した。

元は奥座敷であった広い部屋だ。父はこちらに背を向けて、窓辺で裏庭を眺めていた。

今夜は月がよく見える。冴え冴えとした光が松の木を照らし出す様は、屋敷の中でも一等美しい光景であった。

朱里は三つ指を突き、頭を下げる。

「本日は、青山霊園近くの廃寺に参りました。幻影男爵を名乗る妖魔が現れましたが、他の妖魔に邪魔立てされ、調伏することは叶いませんでした」

予想される父の反応は二通りあった。幻影男爵と遭遇したことに驚くか、仕留め損なったことに落胆するか。あるいはその両方かもしれない。

父は短く「そうか」とだけ言った。

何の収穫もなければそれも致し方ない。だが幻影男爵と出くわしても、父の声色は何一つ常と変わらなかった。

——無関心。そう捉えるしかない。

母が亡くなってからの父は、以前にも増して言葉が少なく、感情が乏しくなっていた。十年間、そんな父に相対していれば、慣れる。慣れている——はずだ。

朱里はじっと畳の目を見つめ、もう一つの報告を続ける。

「その折、葵清司郎を名乗る軍人と出会いました。呪術を使っていたことから、どうやら陸軍に所属している退魔士のようです」

「軍人——」

父はぴくりと肩を揺らした。緩慢《かんまん》な動作で、朱里の方に体ごと向き直る。

厳めしい顔つきをしている、体の大きい壮年だ。髪に白いものこそ交じれど、頬骨は雄々しく張り、目は黒々としていた。濃紺の袷をきっちりと着込んでいて、居住まいには一分の隙も無い。我こそは退魔士の名家・紅蓮野家当主――紅蓮野眞源である、と言わんばかりである。

朱里は父が自分を見ていることに驚いた。父と目を合わせたのはいつぶりだろう、と思い当たると、心の臓が痛いほど跳ねた。嬉しさか、それとも恐れかは判じかねた。

「続きを話せ、朱里」

父に促され、朱里はようやく我に返った。

「その……清司郎さ……いえ、葵伍長は私に協力を申し出てきました。一緒に、幻影男爵を追わないか、と――」

その時初めて、父の許可なしに清司郎の要求に応じてしまったと気づいた。叱責されるだろうかと危惧する。しかし父は、

「よい、そうしろ」

と、あっさり頷く。朱里は思わず顔を上げて、聞き返した。

「よいのですか?」

「ただし気を許すな。幻影男爵を追いながら、軍人の懐を探れ。良いな?」

「は、はい」

朱里が平伏すると、父はそれきり背を向けた。父の拳には力が入り、かすかに震えている。背中から、確かな怒気が発せられていた。

怒りにせよ何にせよ、父が感情の起伏を見せたのは久しぶりだった。もしかして今日な

ら了承してくれるかもしれない、と朱里はおずおずと言葉を続けた。

「お父様、来週はお母様の命日です。一緒に……お墓参りへ行きませんか？」

父は――返事をしなかった。すでに拳は解かれ、いつものように彫像然として庭を見つめるばかりだ。

しばしあって、朱里はかすかに目を伏せた。去年も、一昨年もそれ以前もずっとそうだった。母が亡くなってこの方、父は最低限の法事しか行おうとしない。

「……出過ぎたことを申しました。忘れてください」

落胆の色を隠しきれない声音で朱里はそう言い、立ち上がって部屋を出て行こうとする。

そこへ、父から声がかかった。

「朱里」

はっとして振り返る。自分が期待に満ちた眼差しをしているのが分かる。しかし、

「しかと心得よ。幻影男爵は我らが獲物。彼奴こそは、十年前、青梅が放った刺客――お前の母を殺した憎き仇だ」

「仇……」

「十年の時を経て、尻尾を出したのだ。ゆめゆめ、逃すな」

幻影男爵を調伏すれば、亡くなった母に報いることができる。それはすなわち幻影男爵を使役し、母を謀殺した仇敵への報復だ。

青梅家を打倒することこそが、父の望み。母の仇討ち。

――朱里のたった一つの使命、なのだ。

「……承知いたしました」

書斎を出て、襖を閉める。

父の前へ出た緊張か、それとも青梅家へ対する憎悪か、肩が小刻みに震えていた。昂ぶった気持ちを静めるために、広縁をあてどなく歩く。春の宵の風が、朱里の火照った肌を撫でた。ようやく全身の力が抜けてきて、深い息を吐いたその時だった。

「お嬢様、お戻りでしたか」

広縁の突き当たりから、背の高い少年が姿を現した。

浅黒く焼けた肌、瞳は青とも藍ともつかぬ、不思議な色をしている。薄い茶色の髪はうねり、パーマネントでもあてたようだ。一見して日本人離れした容姿だと分かる。

「要《かなめ》……。ただいま」

名を呼ぶと、微笑みが返ってくる。彼の実母の形見だという紅玉の首飾りが、胸元できらりと光った。

――要は、ある日、母が拾ってきた。

朱里が五歳頃のことだった。浅草で三味線を生業としていた母の友人が亡くなり、その息子を引き取ったのだという。

要は幼少の頃から、人目を引く外見をしていた。おそらく異国の血が入っているのだろう。父は当初、要を引き取るのに反対したそうだが、母は頑として譲らなかった。あんなに強情な母を見たのは後にも先にもあれきりだったと話してくれたのは、去年の末に暇を出した使用人の老女だった。

結局、父は「しょうのない奴だ」と言って折れたのだという。朱里には父がそのように柔軟な態度を示す様子が、一向に想像できない。

「お嬢様、今日も学校までお迎えに上がれず、申し訳ありませんでした」

紅蓮野家の使用人は今や要一人きりだ。由緒正しい華族の家では異常とも言える。力仕事はもちろんのこと、家事をも一手に引き受けている。とても朱里の送り迎えまでは手が回らないのだ。

「そんなこと……いいのよ。それよりお給金も支払えず、ごめんなさい」

「何を仰います。住むところ、着るもの、食事にありつければ十分でございます」

我が家の財政状況は厳しい。現政府には妖魔の存在を信じておらぬ者も多く、若い議員や官僚などはお伽噺だと一笑に付しているのだという。国自体が迷信を禁じているため、無理からぬことである。清司郎ら軍属の退魔士とて、憲兵隊を隠れ蓑にしなければならないのだから。

自然、退魔士を生業とする華族達への支援は年々減っていく。昔、秩禄《ちつろく》とともにいただいていた妖魔を調伏したことへの恩賞は、今や妖魔の数自体が減り、雀の涙ほどだ。秩禄に代えられて久しい公債の微々たる利子が、紅蓮野家の主な収入である。

紅蓮野家はまだ華族の体面を保てるだけ良い方だ。家格の低い華族はその貧しさ故に、爵位を返上する家もある。慣れない商売や投資に手を出し、多額の借金を抱えている者も多い。

だが、幻影男爵さえ調伏できれば。

すでに幾人もの死者を出し、帝都を恐怖に陥れている妖魔だ。退治できれば紅蓮野家の名は上がる。恩賞もたくさん出るに違いない。

全ては私の手にかかっている、と朱里は身を引き締める。

そんな朱里の気負いを感じ取ってか、要は殊更柔和に微笑んだ。

「お嬢様、夕餉にいたしましょう。今日はいい筍《たけのこ》が手に入ったのです」

「本当？　楽しみ。煮物かしら」

「ええ、筍ご飯も拵《こしら》えましたよ」

「要は本当に料理が上手ね。私も見習わなくっちゃ」

女学校では家事の実習がある。その際に料理をしたことがあるだけだ。

要はやや遠い目をして言った。

「すべて……奥様に教わったことです」

その横顔が苦しげで、朱里もまた俯く。

——要もまた、母の死に際に居合わせた。

要のただならぬ叫びを聞いて朱里が駆けつけると、母の遺体のすぐそばに彼が倒れていた。幸いにして要は妖魔に襲われず、怪我一つなかった。きっと母が守ったのだろう、と朱里は確信している。そうして目が覚めた要に、母の死を告げた時の取り乱しようは忘れられない。この世の終わりだと言わんばかりに泣き叫んでいた。

　朱里はその嘆きように救われた。少なくとも一人ではない、と思えたから。悲しみも喜びも共にし、一緒に育ってきた要は弟も同然だった。

「そう、だったわね。うん、要の料理はお母様の味付けと同じだもの。私、大好きなの」

　過去の淵《ふち》に沈もうとしている要に、朱里はにっこりと微笑んでみせる。すると要もまた安堵したような表情を浮かべた。

「ありがとうございます。すぐにご準備いたしますね」

　要は急ぎ足で厨《くりや》に向かった。その背を見送りながら、朱里はそっと目を閉じた。


　翌日はよく晴れて、春らしい陽気だった。

　学校を終えて青山通りまで出ると、黒塗りの車が道ばたに駐まっていた。車の脇には清司郎が立っていた。我知らず、早足になる。

「お待たせいたしました、清司郎さま」

「朱里さん、こんにちは」

　清司郎は涼やかな目を柔らかく細めた。車の運転席には七五三野がおり、含み笑いを浮かべながら、窓越しに話しかけてくる。

「こんにちは、お嬢さん。今日も大変お美しゅうございますね。昨日の暗がりでも美人だと分かりましたが、夕日を受けていると一層輝いて見えます」

揶揄われていると思い、朱里は唇を引き結んだ。清司郎もまた運転席を振り返り、嘆息する。

「七五三野、今日はいつにも増して喋るんだな。あまりうるさいと、針子を連れてきて口を縫い付けるぞ」

「やだなぁ、自分は誰かさんの胸の裡《うち》を代弁したまでですよ」

「それは一体どこのどいつだ？　俺にはまるで心当たりがない」

七五三野と軽口を叩きながら、清司郎は座席の扉を開いた。あまり車に乗ったことのない朱里はややたじろぐ。足場が高く、まるで乗れる気がしない。すると清司郎が手を差し伸べてきた。

「どうぞ」

昨晩交わした握手を思い出し、頰が熱くなる。いや、すでに一度触れた手だ、二度目ならそう抵抗があるわけでもない――と、誰にともなく言い訳をしながら清司郎の手を借りる。朱里を支える手は力強く、それでいて気遣いに溢れていた。おかげで朱里は難なく車に乗ることができた。

朱里に続いて、清司郎も乗り込むと、車は発進した。

前から後ろへ、景色が飛ぶように流れていく。あまりの速さに朱里は自然、身を固くした。隣の清司郎は慣れた様子である。

「これから向かうのは浅草です。幻影男爵による三番目の被害者、その同僚が事件を目撃したらしいので話を聞きに行きます」

「はい」

朱里は膝の上で両の拳を握りしめる。清司郎は朱里の緊張ぶりを見てか、気遣うように尋ねてきた。

「車はお好きではありませんか？」

「ええと、あまり……乗り慣れないもので」

「そうでしたか。気分が悪くなったら遠慮無く言ってください」

「任せてくださいよ、若。俺の運転技術は陸軍随一ですから」

そう嘯《うそぶ》いて、七五三野は快活に笑う。確かに今のところ酔う気配はないが、長く乗っていれば分からない。朱里は気を紛らわせるため思いついた疑問を口にする。

「何故、七五三野さまは清司郎さまを『若』とお呼びになるのですか？」

「七五三野さま、だなんて。俺のことはもっと気軽に呼んでくれていいですよ。ただの若のお付きですからね」

七五三野ははぐらかすばかりで質問には答えない。代わりに清司郎が口を開いた。

「ふざけて言っているだけです。そういう奴ですから」

「そうなのですか。清司郎さまは由緒正しきお家柄のご出身かと」

「いえ……とんでもない。俺はただの陸軍士官学校生で、隊付勤務中の下士です」

とはいえ、退魔士は大方が爵位持ちだ。西洋で言う『貴族の義務《ノブレス・オブリージュ》』の精神から軍属になる華族は多い。実際、清司郎もまた華族の子息なのだろう。

約一時間ほど車に揺られていると、ようやく浅草公園一帯が近づいてきた。

立ち並ぶ建物の向こう、一際大きな建造物が天を突いている。凌雲閣《りょううんかく》──またの名を浅草十二階と呼ばれる高層建築である。その名の如く、雲を凌ぐ高さだ。煉瓦造りの塔がそびえる様を、朱里はぽかんと眺める。

「浅草は初めてですか？」

見栄を張っても仕方ないので、小さく頷いた。

「上の眺望室からの景色は良いものですよ。帝都中が見渡せます」

「あれの上に登るのですか？　足が棒になってしまいそう」

「心配無用です、ほとんどエレベータで昇りますから」

「エレベータ？」

「電動で上下する箱のようなものですね。それに人が乗るのです」

「……車よりも怖い乗り物ですね」

苦虫を嚙みつぶしたような朱里の顔を見て、清司郎が小さく吹きだした。朱里がちらりと睨むと、清司郎は慌てて「失敬」と呟く。そこへ車が折良く停車した。

「さぁ、若、お嬢さん、着きましたよ。ここが浅草六区です」

ブレーキのレバーを引きながら、七五三野が運転席越しにこちらを振り返る。先に清司郎が降り、その手を借りて朱里は地面に降り立った。

目の前に広がる浅草の光景が、間近に迫る。

道の左右に見世物小屋が建ち並び、色とりどりの幟《のぼり》が林立している。小屋の軒先にずらりと並ぶぼんぼりが、道を隙間なく埋め尽くす人々を照らしている。祭りでもあるのかと思ったが、さも当然のような顔をしている清司郎を見る限り、これが浅草六区の日常らしい。もう夜も近いというのに、賑わいは勢いを増すばかりだ。軽く目眩がする。

「大丈夫ですか、朱里さん」

「すみません、このような場所は慣れなくて。あの……この中に入っていくのですか？」

不安が表情に出ていたのだろう。清司郎は気遣わしげに眉根を寄せた。

「できれば一緒に幻影男爵の目撃談を聞いて、朱里さんにも検分していただきたかったのですが……。無理強いはしません。七五三野とともに車に残りますか？」

「俺は大歓迎ですよ、お嬢さんとはもっとお話ししてみたいですからね」

七五三野が気障《きざ》っぽく片目を瞑る。朱里はむっとして、口をへの字に曲げた。

「私はお嬢さんという名前ではありません。朱里です。――清司郎さま、参りましょう。この程度の人混み、なんですか」

朱里は肩を怒らせ、大股で往来に分け入った。しかし間もなくハンチングを被った男性と体がぶつかりそうになったり、小さな子供を蹴飛ばしそうになったりする。

ふと視界に広い背中が映る。清司郎がいつの間にか、朱里を庇うように前を歩いていた。

「目撃者のところまで道案内します。俺に付いてきてください」

場所も分からず歩いていたことに気づき、朱里は羞恥に頬を赤くした。

「それと……。良ければ、俺の腕を摑んでいてください」

清司郎が僅かに右腕を曲げる。それほど身を寄せるのはどうかと迷っている間に、三度《みたび》人とぶつかりそうになって、朱里は藁《わら》にも縋《すが》るが如く、とっさに清司郎の腕を取った。

軍服の袖越しに引き締まった腕の感触が伝わる。清司郎を見上げると、真っ直ぐ前を向いて歩いていた。その表情は窺い知れず、形の良い耳ばかりが見える。

清司郎は心なしか足早に往来を搔き分けていく。朱里は付いていくのに必死で、ますます強く清司郎の腕に縋り付いた。


朱里と清司郎は芝居小屋『青龍館《せいりゅうかん》』の看板歌手に話を聞いた。彼女は先々週の深更《しんこう》、仕事帰りに幻影男爵と遭遇したのだという。被害者は同僚の踊り子《ダンサー》だった。黒い風が吹いたかと思うと、踊り子はすでに血を吸い尽くされ、亡くなっていた。

歌手の証言は巷に溢れる噂と大して変わりはなかった。幻影男爵の姿形は分からず、朱里とは違い、特に言葉も交わしていない。

その後、実際に事件が起きた現場へ赴いた。浅草の北、隅田川《すみだがわ》のほとりにある本龍院《ほんりゅういん》という寺院の付近だ。

周囲はいかにも下町といった風情で、古い家屋が建ち並んでいる。道に車を駐めると、三人はそろって現場に降り立った。

「といっても、何もありませんねぇ」

七五三野が後ろ頭を掻きながらぼやく。然《さ》もありなん、事件は先々週のことであるし、幻影男爵は血の一滴さえも痕跡を残さなかったのだ。

「一応、写真を撮っておくか。七五三野、頼んだ」

「はいよ」

七五三野は運転席の足元から、大がかりな機械を取り出した。人の頭ほどある木箱に、鉄製の脚が三本ついている。箱の前面には硝子で出来た丸い覗き窓があった。朱里はここが事件現場であることも忘れ、しげしげと機械を観察する。

「これで写真を撮るのですか？」

「ええ。この丸い窓がレンズで、被写体を乾板に写し取ります」

「若ー、準備できました。火をお願いします」

箱の中を覗き込みながら言う七五三野を、朱里は思わず振り返った。

「火を……？」

「こうも暗いと何も写りませんからね。本来は閃光粉という火薬を使うのですが」

清司郎は懐から呪符を取り出した。呪文が紡がれると、ぽんぽんと呪符が燃えて辺りに火が浮かびあがる。さながら、ここだけが昼間のように明るい。

七五三野はレンズを至る所に向けては、写真を撮る作業を繰り返している。清司郎は七五三野に後を任せ、朱里と共に遠巻きにしている。

「朱里さんはご自身の写真を撮られたことはないのですか？」

「えっ、いえ……だって……」

写真を撮ると魂が抜かれる、という言葉を朱里はすんでのところで呑み込んだ。呪術を扱うものとして、巷の迷信を信じるわけにはいかない。

すると清司郎が小さく吹きだした。朱里はむっと唇を尖らせる。

「何を笑っておられるのですか」

「朱里さんの考えていることが分かってしまったような気がして」

「そんなこと……。たかだか機械如きに魂を抜かれることなどあり得ませんっ——あ！」

朱里が口を覆った時にはもう遅かった。清司郎はついに体を折って、ぶはっと大きく息を吐いた。頬がみるみる紅潮するのが分かる。清司郎は楽しげに言った。

「すみません、揶揄うつもりはなかったのです」

くしゃっとした笑顔が無邪気な少年を彷彿とさせる。朱里は何やら馬鹿らしくなって、表情を緩めた。

「朱里さんは写真でも映えるでしょうね。その……とても見目麗しいので」

「えっ？」

俯きがちだった顔を上げる。清司郎は眉に力を入れながら、つかえつかえ続ける。

「貴女と出会った寺に、大きな桜があったでしょう。花が散っていて、その中で妖魔に立ち向かう貴女は、凜然《りんぜん》としていて……。俺は、なんというか、最初——」

清司郎は意を決したように続けた。

「……桜の精かと思ったのです」

朱里はというと、呆気に取られていた。巷で勝手に袂へ手紙を入れてくるような軟派男とも違う、真っ直ぐな言葉にどうしていいか分からない。

清司郎はどこか朱里の反応を探るように黙っていたが、やがて緩く首を振った。

「妙なことを言いました、忘れてください」

朱里が反応に困っていると、折良く七五三野が戻ってきた。

「若、終わりましたよ。……って、何、二人してもじもじしてるんです？」

「し、してませんっ」

否定したのにもかかわらず、尚も七五三野はにやにやとしている。隣から清司郎の嘆息が聞こえた。

「七五三野は俺を揶揄って遊ぶ悪癖があるのです。取り合ってはいけません」

「やだなぁ、若。忠実な僕《しもべ》たる俺がそんなことするはずないでしょう」

「あまり度が過ぎると、そらに言いつけて灸を据えてもらうことになるぞ」

「げえっ、それは勘弁してください。説教が始まったら長いんですから」

会話の応酬を続けながら、清司郎達は車へと戻っていく。朱里は全身が熱を帯びている気がして、思わず額に手をあてた。……熱はないようだった。

全員が車に乗り込んだのを見計らって、車が発進する。夜風がばたばたと車内に入り込んでは、朱里の髪を弄んだ。

「そうだ。朱里さん、腹が空きませんか」

そういえばそうかもしれない。今の今まで気づかなかった。

「近くにいい店があるんです。良ければ今日のお礼にご馳走させてください」

「若……。ここらへんの良い店ってまさか『坂木屋食堂』じゃないでしょうね」

「よく分かったな」

ハンドルを操作しながら、七五三野はやれやれと首を振る。

「女性を食事に誘うのに、一膳飯屋はないでしょう。せめてレストランか百貨店の食堂にしてくださいよ」

一膳飯屋とはその名の通り、一膳飯とおかずを出す大衆食堂だ。客層も労働者が多いと聞く。七五三野の苦言にさしもの清司郎も低く唸る。

「悪かったな、粗野で。だが、あそこは定食も洋食も美味いし……」

「じゃあ、今度俺と行きましょうねー。で、どうします？　三越《みつこし》？　それとも精養軒《せいようけん》？」

決めてかかる七五三野に、朱里は慌てて口を挟んだ。

「清司郎さまが仰ったお店にしてください。あまり洒落たところは落ち着きません」

紅蓮野家は体面だけを保っている華族だ。朱里はレストランや百貨店に行ったこともなければ、友人とパーラーに行ったこともない。洋食器を使えるかどうかも怪しかった。

「では、一緒に来てくださるのですね」

清司郎の表情が明るくなる。頷きかけて、朱里はふと父のことが気になった。

大抵の場合、父は書斎に籠っており、握り飯などの簡単なもので済ませてしまう。故に朱里は毎日、一人で食事をする。

昨日の様子だと心配はされないだろう。それに清司郎と良好な関係を築き上げることは大事だ。これも母の仇を追うため。父も納得してくれるだろう、と朱里は自身に言い聞かせた。

「あ、でも……あいにく持ち合わせがなくて」

「さっきも言いましたが、お礼がてらご馳走させてください。向かってくれ、七五三野」

「ちょ、本気ですかぁ？」

呆れながらも、七五三野はすぐそこの角を曲がる。

浅草六区のはずれに飲食店が軒を連ねる通りがあった。夕飯時ということもあり、芝居小屋や活動写真館帰りの客で溢れている。

車の番を七五三野に任せ、朱里と清司郎は目的地に向かう。

件の一膳飯屋は近くにあった。『坂木屋食堂』と染め抜かれた暖簾《のれん》をくぐると、様々な料理の匂いが押し寄せた。十を超える卓《テーブル》に、客がひしめき合っている。かちゃかちゃと食器同士が擦れる音や陽気な話し声が、天井まで満ちていた。

朱里と清司郎が来店するや否や、客達の目が一斉にこちらへ降り注ぐ。客達は軍人と女学生の組み合わせに一瞬だけ気を留めたが、すぐ何事もなかったように食事を続ける。客は労働者が多く、忙しいらしい。

そこへ調理場から、年嵩の女将が現れた。

「あら、清司郎さん。久しぶりじゃないのさ。元気にして――おや？」

女将の円《つぶ》らな瞳が朱里に向いた。朱里はぺこりと小さく頭を下げた。

「あら。あらあらあら。なにさ、清司郎さん。あんたも隅に置けないねえ」

「違うんです、彼女はその……仕事の協力者でして」

「照れなくてもいいじゃないの。ま、とりあえず座りな。いつものでいいかい？」

「はい。朱里さんは何にしますか？」

「あ、えっと……同じもので」

朱里と清司郎は入り口付近の卓についた。女将がてきぱきお茶を用意してくれる。

「しかしせっかくの逢瀬だってのに、こんなしみったれた食堂で良いのかい？」

調理場から「しみったれたとはなんだあ！」と怒号が飛んでくる。おそらく女将の夫、食堂の大将だろう。朱里は慌てて首を横に振った。

「いえ、そんなことは。すごく美味しそうな匂いがしますし……」

「あら、嬉しいこと言ってくれるねえ。良い子じゃないの」

初対面の人に掛け値なしの好意を向けられ、頬が熱くなる。ここまで自分が人見知りだとは思わなかった。

料理はまもなく出来上がった。大将から受け取った盆を、女将が卓の上に置く。

「ま、ゆっくりしていきな」

朱里は盆に置かれた食事を見た。白飯が茶碗に山盛りになっている。煮炊きした豆腐と味噌汁、それにソースのかかったポークカツレツがあった。親切にも肉が切り分けられていて、箸でも食べられるようになっている。

「いただきましょう。ここのカツレツは絶品なんです」

「は、はい。いただきます」

恐る恐る、カツレツを口に運んだ。さくっとした衣の食感と豚肉の甘みが口一杯に広がる。味の濃いソースが疲れた体に沁みた。

「おいしい……！」

「それは良かった」

清司郎がにこにこと微笑む。朱里は先ほどまでの緊張も忘れ、嬉々として箸を進めた。カツレツと白飯は意外にも合う。煮豆腐は醬油やみりんの味がよく染みていた。味噌汁も具だくさんで、空腹が急速に満たされていく。

向かいに座る清司郎も白飯とおかずを頰張っている。男らしく大口だが、粗野には見えない気品がある。その食べっぷりがいいので、朱里は思わず頰を緩ませた。

「カツレツが出てきた時は少し焦りました。私、その……恥ずかしながら、ナイフやフォークが上手く扱えないものですから……」

「俺もあれはあまり好みません。七五三野の方が器用に使いこなしますよ」

「そうなのですね。なら、今度、ご教授いただこうかしら」

するとと清司郎は頷きかけてから、急に険しい顔つきになった。

「いいえ、やめましょう。あれは調子に乗って朱里さんにべたべたと触れかねません」

「え？　でも食器の使い方ですし、触れるのが普通なのでは……」

「俺も一通りできます。朱里さんに教えるのなら、俺が」

真面目くさった顔で清司郎が念押しする。朱里は苦笑しそうになるのを誤魔化すべく、湯呑みに口をつけた。爽やかな緑茶が口の中をさっぱりとさせてくれる。

そういえば人と食事を共にするなんて、いつぶりだろう。父とはいつも別々だ。使用人である要は、朱里と卓を囲むことはしない。母が生きていた頃以来ではなかろうか。

「誰かと一緒に食事をするのは、こんなにも楽しいのですね」

ぽろっと出た言葉に、自分で驚いた。

清司郎とは幻影男爵を追う上で手を結んでいるまでのこと。家族や友人とは違うのだ。

朱里はそっと箸を置いた。後は味噌汁を残すのみだったが、食欲がなくなってしまった。

「……失礼しました、柄にもなく浮かれていたようです。一刻も早く幻影男爵を捕らえねばならないのに」

意識して口調を硬質にする。清司郎はしばし黙していたが、やがて神妙に返した。

「ええ……その通りですね」

　清司郎は湯呑みの茶を飲み、一息つく。

「ところで、朱里さんはどうして幻影男爵を追っているのですか？」

　質問の意図が分からず、朱里は首を傾げた。清司郎が付け加える。

「もちろん退魔士としての責務ゆえでしょうが……。朱里さんから、幻影男爵への並々ならぬ執念を感じたものですから」

　どうやら見抜かれていたらしい。朱里は膝の上でぎゅっと拳を握る。温かい食事を取って血色が良くなったはずの指が、見る間に白くなっていく。

「……かの怪人は、母の仇かもしれないのです」

「お母様の？」

　清司郎の目が見開かれる。朱里は思い切って、凄惨な過去の事件を打ち明けた。清司郎は聞き終えると、眉間に深く皺を寄せた。

「そんなことが……」

「その頃はただ『血を吸い尽くす妖魔』の仕業とされていました。幻影男爵が巷を騒がせることもなかった……。けれど母の死後、息を潜めていた幻影男爵が十年の時を経て、何らかの理由でまた人を襲い始めた。そう考えています」

　清司郎はじっと朱里の話を聞いていた。その真摯な眼差しに、清司郎にならば、紅蓮野家と敵対する『あの家』のことを話してもいいのではないかと思い至った。

「清司郎さまは『青梅家』をご存じですか？」

清司郎はにわかに目を瞬かせた。ややあって、重々しく頷く。

「ええ、もちろん存じています。御上の覚えが目出度い退魔士の名家、しかし我々の中でも滅多に姿を見せない、謎多き家です」

「そして自らの血筋に妖魔の血を取り入れる……半妖の一族。私は青梅家の者こそが幻影男爵ではないかと睨んでいます。十年前、母を殺めた者も然りです」

清司郎が瞠目《どうもく》する。動揺を収めるべくか、彼はすっかり冷めた茶を啜った。

「それは……その、さすがに飛躍しすぎでは。謎が多いとはいえ、退魔士の家である青梅家が、貴女の御母堂《ごぼどう》や帝都の人々を害するとは思えません」

「清司郎さまもご存じの通り、昨今は妖魔の数が減っています。退魔士として生き残るため、手柄を立てるため、青梅家が裏で糸を引いていてもおかしくはないでしょう」

「では、朱里さんには青梅家の人間が御母堂を殺めた理由に心当たりがあるのですか？　例えば恨みを買ったとか」

冷静な指摘に、朱里は黙り込んだ。恨みを買ったといえば、そうだ。何せ紅蓮野家と青梅家は遥か平安の世から反目しているのだから。けれどそれを話せば、朱里が紅蓮野家の者だと露見してしまう。

「理由はあります。が、今はお話しできません。清司郎さまは何かご存じありませんか、青梅家について」

朱里は切実な眼差しを清司郎に向ける。

「いえ、申し訳ありませんが」

「そう、ですか……」

陸軍に所属しているからにはあるいは、と期待したが。朱里には漏らせない機密か、本当に知らないいか。いずれにせよ、清司郎からは青梅の情報を引き出せそうにない。

現実に直面すると、さっきまでの温かい食事風景が、どこか色褪せた絵のように成り果てる。空になった食器を眺め、朱里は冷めた口調で言った。

「食後にするお話ではありませんでしたね。申し訳ありませんでした」

「こちらこそ、お力になれず」

清司郎は勘定を済ませ、車で朱里を大通りまで送ってくれた。車を降り、朱里は歩き出す。電灯が冷たく照らす夜道を、振り返ることなく。


家に帰り、父に報告を済ませた。相変わらず父は「そうか」と頷くだけで、危惧していたお咎めもなかった。

廊下を行きながら、朱里は女学校での学友の話を思い出した。教室で一人の女子が怒り心頭で友人に訴えている場面だ。

『聞いてちょうだいよ、お父様ったら本当に頭が固いんだから。お友達とパーラーに寄っただけで、やれ帰りが遅いだの、嫁入り前の娘がふしだらだの。考えが古くなくって?』

その時はなんとも思わなかったが、果たして朱里は父にそうやって心配されたことがあっただろうか。妖魔は基本的に闇に乗じて現れる。退魔士の活動も必然、夜になる。退魔士である朱里が夜に出歩くのは当然といえば当然だ。しかし――。

「普通の父娘《おやこ》だったなら、お父様は私を心配してくださるのかしら……」

独りごとは、冷たい板張りの床に吸い込まれていく。それが今日は妙に虚しい。足を止め、立ち尽くす朱里の背中へ、声が掛けられた。

「お嬢様！」

はっとして首を巡らせると、要が中庭で深々と礼をしている。月明かりの下、精悍な顔が土で汚れているのが見てとれた。朱里が中庭に降りると、要はもう一度頭を下げた。

「申し訳ありません、お出迎えもできず」

「いいのよ、気にしないで。ところで何をしていたの？」

要は足元に視線を落とした。

「庭の手入れをしていました。薔薇を……奥様の墓前に供えたくて」

「ああ……。お母様がお好きだった花だものね」

仏花は別途用意するとして、朱里としては母が愛した花を供えたかった。朱里は要が手入れをしていた花壇に向かい、しゃがみ込む。薔薇は春を迎えて花の盛りだ。優雅な花弁が幾重にも渦のように咲いている。朱里は無防備に薔薇へ手を伸ばした。

「あ、お嬢様、いけません！」

要が声を上げた時にはもう遅かった。

のだ。朱里は深々と溜息をついた。

「痛っ……」

　ぴりっとした痛みが走り、指先に滴る赤い血が見えた。薔薇の棘で怪我をしてしまったのだ。朱里は深々と溜息をついた。

「私ったら間抜けね……」

　まったく今日の自分はどうかしている。薔薇の棘にも思い至らないとは。

「お、お嬢様……」

　要の声が震えていた。気に掛かって、屈んでいた腰を上げる。要の顔面が蒼白になっている。朱里に怪我をさせてしまったと気に病んでいるのだろう。

「要、気にしないで。これは私の不注意よ」

　要は大きく瞬きをした。途端、我に返ったようにその場にひれ伏す。

「お嬢様、お嬢様……申し訳ございません！　私は……！」

「あ、頭を上げて。大丈夫、私が悪いのだから。それにこれぐらい舐めておけば治るわ」

「いけません、そのようなことは決して！」

　要は転がるように中庭を出た。きっと包帯を取ってくるのだろう。

「もう、大げさなんだから」

　朱里はふっと苦笑しながらも、こんな小傷を心配してくれる人がそばにいることに、誰にともなく感謝を捧げた。

清司郎らと浅草に赴いてから、四日が経っていた。

朱里は今、夕暮れ時の青山通りに一人たたずんでいる。女学校のほど近く、大きなビルヂングの前である。勤め人と思しき背広姿の男がひっきりなしに出入りするのを横目に、朱里は壁に背を預けてただ立っている。

茜色に染まる帝都の景色を眺めながらも、頭はあてどない思案を繰り返していた。

あれから清司郎が朱里に会いに来ることはなかった。朱里は毎日、女学校を出るたびに周囲を観察した。しかし清司郎はおろか、自動車も見当たらない。そのうち自分が必死に彼の姿を追い求めている事に気づき、朱里はこうして自省と懊悩《おうのう》を繰り返している。

――すべては、一膳飯屋で朱里が語ったことが原因に違いない。

青梅家を疑う朱里の正体に気づいてしまったか、はたまた何の証拠もなく青梅家を黒幕だと決めつける朱里を浅はかだと切り捨てたか。

せっかくの情報源であり協力者だったのになんたる失態か、と頭の中の冷静な部分が窘める。しかし胸の片隅では、清司郎が与えてくれた温かな時間がほんのりと明かりを灯している。あのぬくもりを思い出しては、ちくりと針を刺したような痛みを覚えるのだった。

自分の足先を睨み、唇を噛む。こんな事をしている場合ではない。

清司郎がいようがいまいが関係ない。朱里の目的はただ一つだ。

幻影男爵を調伏し、退魔士としての使命を果たすこと。そして母の死の報いを受けさせること。

清司郎を――陸軍の協力者を失ったのは痛手だが、やるべきことには変わりはない。朱里はビルヂングの陰から一歩踏み出し、市電の停留所へ向かった。

市電を待つ列に並んでいると、不意に自動車の警笛が辺りに響いた。朱里をはじめ、人々が何事かと振り返る。すると黒塗りの車が朱里に向かってくるではないか。

「朱里さん！」

助手席の窓から身を乗り出しているのは清司郎だった。朱里は停まった車と清司郎を交互に見つめた。

「清司郎さま……？」

「ご無沙汰しています、ろくに連絡もせず申し訳ありません。ただ、今は少々立て込んでいまして……理由《わけ》は車の中で話します。どうぞ乗ってください」

清司郎は助手席から飛び出すと、後部座席の扉を開けた。朱里は訳が分からなかったが、差し出された清司郎の手を見るなり、体が勝手に動いて、気がつけば車に乗り込んでいた。

清司郎はそのまま朱里の隣に乗り込んだ。運転席の七五三野が挨拶もそこそこに、ペダルを踏み込み、ハンドルを限界まで切った。車は急転回する。

遠心力に振り回された朱里は「きゃっ」と短い悲鳴を上げた。危うく車の内壁に頭をぶつけそうになったところを、清司郎の力強い腕が朱里の肩ごと引き寄せる。

この四日間で離れていた距離が一気に縮まった気がして、朱里はどきりとしたが、清司郎はただ眼前を睨んでいる。

「い、一体、どうなさったのですか？」

ごうごうと風を切る音が車内に満ちている。朱里は負けじと声を張り上げた。清司郎はここで初めて朱里を振り返った。

「幻影男爵が今しがた、出現しました」

「えっ……!?」

「場所は牛込《うしごめ》の神楽坂《かぐらざか》。花街《かがい》で大捕物が行われているそうです」

牛込は大正の世に入り、隆盛を極めし歓楽街だ。その代名詞が神楽坂花柳界《かりゅうかい》、つまり花街である。料亭で芸妓《げいぎ》が客をもてなし、一晩遊び明かすという。

――今、そこに、幻影男爵が……。

朱里は表情を引き締める。清司郎は口早に続けた。

「神楽坂は路地が入り組んでいます。人も多い。各遊郭の若い衆《わかいし》などの男達が総出で、幻影男爵らしき人影を追っているそうで。じきに警察の包囲も完了するでしょう」

「では、もしかしたら……」

「ええ。帝都を騒がせた謎の怪人は、今夜にも警察の手によって捕らえられる可能性が高いです。俺達は軍から差し向けられた偵察隊に過ぎません」

軍に清司郎達がいるように、警察内部にも退魔士はいる。

誰であれ、幻影男爵を捕らえれば、帝都の平和は保たれる。しかし朱里は密かに奥歯を噛み締めた。不謹慎な考えかもしれないが――これでは警察に手柄を奪われてしまう。

紅蓮野家に、父に、貢献できない。

母の仇が……討てない。

「朱里さん、怪人を捜しましょう」

出し抜けにそう言われ、朱里は思わず清司郎を見つめた。

「警察より先に幻影男爵を見つけ、調伏するのです。俺も手伝います」

「どうして……？」

ずっと険しい顔つきだった清司郎は、ここで初めて笑みを浮かべた。

「貴女は幻影男爵と浅からぬ因縁があります。仰っていたじゃないですか、家のために功を立てたいのだと。御母堂の仇討ちがしたいのだと」

「もしかして……そのためにわざわざ私の元に来られたのですか？」

「はい」

清司郎はなんの躊躇いもなく頷いた。

陸軍施設と女学校は同じ青山にあるとはいえ、神楽坂から見れば反対方向だ。現に朱里を乗せた直後、車は急転回している。一刻も早く現場に急行せねばならないはずなのに――。

胸の奥から、様々な感情が込み上げる。

帝都の守護を目的とする清司郎に、朱里は浅薄に見えたのではないか。だからこの四日間、自分の前に現れなかったのではないか。

そうじゃなかった。清司郎はこうして朱里を迎えに来てくれたのだから。

「朱里さん？」

「いえ……。私、勘違いをしていたものですから」

自然、朱里はこの四日間のことを清司郎に打ち明けた。

「私、貴方に軽蔑されたと思っていたのです。仇を討ちたいというのはともかく、功を立てねばとそればかり。妖魔から人々を守るのが退魔士の本懐であるのに……」

清司郎は目を丸くして朱里を見つめていた。あまりにも沈黙が長いので、不安げに彼を見上げる。すると彼は自嘲気味に言った。

「……朱里さんにとって、俺はそんなにも高潔な人間に見えていましたか」

「違うのですか？」

「確かに、帝都を守護するのが我々の役目です。しかし一方で、俺も退魔士であり軍人です。どちらも功を立てて初めて、立身出世が叶う。朱里さんのことを浅薄だと嘲る資格は元よりありません」

陸軍は警察への助力と称して、現場偵察のために清司郎達を送りこんだのだという。そして隙あらば、清司郎達の手で怪人を捕縛、もしくは調伏して来るようにとの命令だった。

「そうだったのですね……」

肩の力が抜ける。今、自分はこの上なく安堵している。

「一緒に幻影男爵を追いましょう。貴女の本懐は俺が遂げさせてみせます」

何故、そうまでして協力してくれるのだろう。朱里は疑問を口にしようとしてやめた。代わりに大きく頷き、清司郎と共に車の前に目を凝らす。神田川にかかる飯田橋《いいだばし》の向こうに、煌びやかな繁華街が見えてきた。

神楽坂の坂下に車を駐め、朱里と清司郎はかの地に降り立った。

緩やかに続く坂の両側に、商店や料亭が建ち並んでいる。もう日没も近く、空はほとんど宵闇に塗りつぶされている。だが神楽坂の夜はこれからだと言わんばかりに、電灯が明々と街を照らしていた。神楽坂の賑わいは『山《やま》の手《て》銀座《ぎんざ》』と呼ばれるほどだ。

しかし今、通りに人はいなかった。それもそのはず、警官達が物々しく道を封鎖しているからだ。人々は飯田橋の上から、遠巻きにその様子を見守っている。

「現場に入れてくれるよう、話をつけてこなけりゃなりませんね」

運転席から七五三野が坂上を睨んでいた。さしもの彼も緊迫している。その証左に軽口を叩くどころか、朱里の方を一顧だにしない。

「若、俺が掛け合ってきます」

「頼んだ」

運転席から降りた七五三野が警官達に近づいていく。警官は七五三野の軍服や腕章を見るや、顔を顰《しか》める。二言三言交わした後、七五三野はこちらに向かって頷いた。

朱里と清司郎は、軍との連絡役をするという七五三野を置き、封鎖を通り抜ける。

神楽坂は異様な雰囲気に包まれていた。遠く、男の怒号や女の甲高い悲鳴が聞こえる。

朱里はごくりと固唾を呑んだ。

「行きましょう、朱里さん。花街はこちらです」

路地に入り、石畳の階段を下りると、そこには煌びやかな世界が広がっていた。

「ここが花街……」

路地には所狭しと見世が軒を連ねていた。電灯や提灯がそこかしこで明かりを灯し、まるで昼間のように目映い。

通りからは姿の見えなかった人影がちらほらある。花街の客と思しき男達と、派手な着物姿の遊女達だ。遊女は島田髷《しまだまげ》に金の簪《かんざし》をいくつもつけており、鮮やかな化粧を顔に施している。

「どこにいるんだ、怪人は？」

「旦那様、わっち、怖い……」

皆が不安げに事態を見守る中、おろおろと辺りを彷徨っている遊女が目に付いた。

「誰か、姐さんを知りんせんか。怪人、怪人が見世に押し入って――」

小さなその声を、朱里はとっさに聞き留めた。

「清司郎さま、彼女、どなたかを捜しているようです。怪人、と言っています」

清司郎は一つ頷くと、朱里を目で促し、遊女に歩み寄った。

「失礼。ここに幻影男爵が現れたというのは本当ですか？」

遊女はびくりと肩を竦めて、こちらを振り返った。驚いたことにあどけない少女だった。化粧をしているから分かりづらいが、朱里より三つは歳下に見える。遊女の中には金に困って売られる者が多いとは聞いていたが――。

「まさか、こんなお若い方が……」

「おそらく振袖新造《ふりそでしんぞう》でしょう。まだ客は取らず、花魁《おいらん》などについて回る見習いです」

滔々《とうとう》と流れるような清司郎の説明ぶりに、朱里はじとっと彼を見た。

「――清司郎さま、随分と花街にお詳しいのですね？」

「えっ、いや、違います。一般常識と言いますか……」

「なるほど、一般常識ですか。私は寡聞《かぶん》にして存じ上げませんでした」

「待ってください、誤解です」

朱里は慌てる清司郎からぷいと目を逸らした。こんなことをしている場合ではないと思いつつも、無性に心がくさくさする。

この場にそぐわぬやりとりが功を奏したのか、遊女は幾分落ち着いた口調で話し始めた。

「わ、わっちは岡本屋《おかもとや》のうめと申しんす。軍人さん、わっちの姐さんを……玉萩《たまはぎ》花魁を捜しておくんなんし……！」

うめは玉萩花魁の見習いだという。彼女が花魁の忘れ物を取りに置屋へ戻っている間、幻影男爵が見世に押し入ったのだという。

「座敷に人が何人も倒れていんした。警官から逃げてきた怪人が見世に押しかけて、上を下への大騒ぎになったとか……。そこで姐さんがいないことに気づきんした」

客は「花魁が怪人に攫われた」と狂乱していた。楼主や他の遊女は我が身可愛さに、玉萩花魁を捜そうとしない。騒ぎで火事になりかねないと、荷物を纏めるのに必死だという。

「姐さんについていた他の新造達も震えるばかりで何も話しんせん……。わっち、わっちだけでも、姐さんを……」

うめの瞳からぽろぽろと涙が零れ落ちる。玉萩花魁を捜したい、けれど幻影男爵は恐ろしい。その板挟みに苦悩しているのだろう。

清司郎もうめの心情を察し、元気づけるように頷いた。

「分かりました、俺達が捜しましょう」

「ほ、本当でありんすか……！」

「はい。玉萩花魁の特徴を教えてもらえますか」

うめは安堵したように何度も頷き、清司郎の質問に答えた。髪型は横兵庫《よこひょうご》、金に珊瑚《さんご》をあしらった簪、浅葱《あさぎ》色の豪奢な打掛――それと、

「そういえば、なんとなく女学生さんのお顔立ちと似ていんす」

「私ですか？」

朱里は自分の頬に手をやった。清司郎が仕事の書類でも検分するような顔つきで、

「なるほど。さすがは花魁ともなると大層美しいのですね」

などと大真面目に言うので、朱里もうめも唖然とした。当人はというと一拍遅れて自分

が言ったことに気づいたのか、大きな咳払いを二度繰り返した。

「兎にも角にも、捜索に行きましょう。玉萩花魁の身が危ないかもしれない」

清司郎はそこに幻影男爵がいると踏んだようだ。

しかし見当違いだったら……。朱里は迷いを隠せず、不安げに清司郎を見上げた。清司郎はこっそりと朱里に耳打ちする。

「俺達の知る限り、怪人は貴女にのみ接触してきた。貴女に顔がよく似た玉萩花魁に近しいものを感じたのかもしれません」

「それだけですか？」

「はい、勘ですが」

驚く朱里に、清司郎は珍しく悪戯めいた笑みを浮かべた。

「俺の勘は野性のものだと、七五三野には信用されているのです。……どうしますか？」

おそらくうめの情報は警察も把握していないはず。うめが朱里達を頼ってきたのがその証拠だ。もちろん犠牲者を出さないため、という正義感もあるが――警察を出し抜くならここに賭けるしかない、という打算も働く。

「分かりました、行きましょう」

「ありがとうございます。姐さんをお願いいたしんす……！」

うめは何度もお礼を言いながら、見世の中に戻っていった。朱里と清司郎は連れ立って、夜の花街へ飛び込んだ。

奥へ行くほど、路地が入り組んでくる。細い道に警官や若い衆などがひしめいていた。

「おい、いたか?」

「こちらはいない、そちらは?」

幻影男爵を捜している男達の会話が聞こえてくる。朱里と清司郎はできるだけ他の者には見つからないよう、路地を進んでいく。

華やかだった花街に、地味な色合いの建物が増えてくる。ここには置屋という遊女の待機場所が集まっているらしい。

妖魔が暗躍するにしては――ここはまだ明るすぎる、と朱里は判じた。

「幻影男爵が潜んでいるとしたら、もう少し人目につかないところでしょう」

「ええ、そうですね。聞き込んでみましょう」

手近な遊女に声をかける。岡本屋で起きた事件と玉萩花魁を捜していることを伝えると、彼女は快く情報をくれた。

「確か、あの道のどんつきに今は使われていんせん置屋がありんす。あそこらへんは去年の暮れに小さな火事があって……それ以来、建物が打ち捨てられていんす」

朱里と清司郎は言われた通り、細長い路地を進んでいく。

外灯の光も届かぬ行き止まりに、建物の影があった。月光がその全貌を浮かび上がらせる。建物は屋根が崩れており、壁は壊れ、柱が黒焦げのままむきだしになっていた。

「参りましょう、清司郎さま」

「待ってください」

力強く足を踏み出したところ、清司郎に止められた。朱里は少々恨みがましく清司郎を見る。もし外れなら、すぐ他を当たらねばならない。ぐずぐずしている時間はないのだ。

だが清司郎は神妙な顔つきで、廃屋を見据えていた。

「何か音がします」

「音……ですか？」

耳を澄ますが、何も聞こえない。空耳ではないかと疑っていると、清司郎が息を呑んだ。

「女性の声がします。……助けて、と」

それだけ言うと、清司郎は先んじて廃屋の中に入っていく。朱里は戸惑いながらもその背についていった。嘘でないとしたら、清司郎は特別聴覚が優れているのだろうか。

その答えは——果たして、燃えかすの向こうにあった。

——屋根の穴から真っ直ぐ月光が降り注いでいる。

部屋の中央には着物姿の女が一人、倒れていた。

豪奢な打掛は着崩れ、横兵庫の髪は見る影もなく乱れている。着物の襟から覗く肌は土気色で、虚ろな表情に生気はない。

その傍らには黒い人影が膝をついていた。明るいところで見ると、全身に布を纏っているのが分かる。男は口元を拭った。闇の中に、血の赤が浮かび上がる。

朱里はもう一度、女を見た。女の肩口には小さな穴が二つ空いており、そこから鮮やかな血が流れていた。

過去の凄惨な記憶が、奔流となって脳裏を駆け巡る。

自宅の庭。満月の夜。気を失った要。立ち尽くす父。

——変わり果てた姿となって、死んだ母。

「あ、あ……」

痺れたように動けなくなった朱里の視界の端で、何かが動いた。

はっとして遊女を見る。胸がかすかに上下し、指先がぴくりと動く。

まだ息がある。——助けられる。

「その人から離れなさい……!」

朱里は怒りに顔を歪め、呪符を取り出す。手中に炎を纏った薙刀が出現していた。

薙刀の切っ先を幻影男爵に向ける。魔を切り刻まんとする切っ先は赤々と燃えている。

幾度、夢想しただろうか。まだ母が命を繋いでいて、もし自分に力があったら、と。

今の状況はまさに、詮無い仮定の再現だった。

「朱里さん、待っ——」

清司郎が止めようとするが、遅い。朱里は幻影男爵めがけて、畳を蹴った。

「はあああああ!」

彼我の距離、僅か五歩ほど。踏み込みの勢いを殺さず、力を切っ先に乗せる。

「――っ」

幻影男爵はすんでのところで跳び退いた。だが朱里の炎が僅かに届き、黒い襤褸《ぼろ》の端を燃やし始める。いわば朱里の呪が敵を捉えた状態だった。

「――、……オン――」

幻影男爵の口元が動いた。退魔士の直感で真言だと看破する。

「なっ……！」

刹那、幻影男爵にかけた炎の呪が解けた。煙はおろか、燻っていた火も消え、斬ったはずの外套《がいとう》すら元通りになっている。

幻影男爵が外套を翻した。同時に朱里の足元に敷かれていた古い畳に火が付いた。

「呪詛返し……!?」

思わず熱に炙られた顔を腕で庇う。炎は行く手を遮るように部屋全体へ広がりつつある。

妖魔にして、真言を使いこなす存在は多くない。天狗や狐狸《こり》の類ならばありえるだろうが、幻影男爵はどう見てもそれらと異なる。

「やはり、青梅家の手の者か……！」

その家系に妖魔の血を取り入れた青梅の手先なら、あり得る話だった。退魔士にして妖魔、妖魔にして退魔士――幻影男爵は青梅家に連なる者なのだ。

「朱里さん！」

憎悪に支配されていた朱里を、清司郎の声が引き戻した。彼はぐったりとした玉萩花魁を横抱きにしている。

「彼女を助けましょう。口惜しいですが、ここは人命を優先しなければ」

幻影男爵を睨んでいた朱里は一瞬にして冷静になる。背後で玉萩花魁の苦しげな呼吸が聞こえる。それは一秒ごとにか細く、弱々しくなっていく。

朱里は強烈に逡巡する。人命か、己の仇討ちか——。

「っ……」

奥歯を砕かんばかりに噛み締める。断腸の思いで朱里はじりじりと後じさった。

母のような犠牲者をこれ以上、増やしてはならない。幻影男爵を討ちたいのは山々だが、被害者が命を落としては本末転倒だ。——母ならきっとそうするだろう。

幻影男爵は業火の向こうだ。残念ながら、逃げられる。

しかし、幻影男爵の行動は予想だにしないものだった。

「ッ、ア——！」

声なき声を上げ、影の妖魔は高く跳躍した。そのまま屋根に空いた穴から逃げるかと思いきや、隼《はやぶさ》もかくやといった速度で朱里めがけて急降下してくる。

「え……？」

「危ない！」

間抜けな自分の声と、清司郎の叫びが重なる。次の瞬間、朱里は幻影男爵に腕を摑まれ、高々と空に放り投げられた。

「う、あ……！」

内臓が掬い上げられるような浮遊感が全身を襲う。反転した景色に頭が混乱を極めた。朱里の体は月を背にぐるんと回転する。このままでは地面に激突する。

「くっ……！」

とっさに薙刀を置屋の屋根に突き立てた。薙刀は屋根を焼きながら、落ち行く朱里を支える。屋根から滑り落ちそうになった直前で、朱里の体は落下から免れた。

そこへ間髪容れず、黒い影が迫った。全身の血がさあっと音を立てて引いていく。かろうじて屋根に摑まっているだけの朱里を、幻影男爵は荷物かのように腕で担ぎ上げた。

「朱里さんッ！」

清司郎の声が遠ざかる。

幻影男爵は朱里を抱えたまま、花街の建物の屋根から屋根に飛び移っていく。大通りからは、幻影男爵を目にして騒ぎ立てる人々の声が僅かに聞こえてくる。朱里は身動きが取れないまま、目まぐるしく変化する視界に翻弄されるばかりだ。

「放せ、この……！」

身を捩るが、朱里を捕らえる腕はびくともしない。

どれほどそうしていただろう。幻影男爵が突然、朱里を解放した。朱里はなんとか受け身をとり、地面に放り出された衝撃を逃す。

「ここは……」

おそらく花街の外れ、空き地の一角だろう。

月を背に、幻影男爵は十数歩離れた場所で佇んでいる。

波のない湖面のような静寂に、朱里は不穏なものを感じ取り、薙刀を構えた。

幻影男爵からは殺気はおろか、敵意すら感じない。それどころか薙刀の間合いに入っても、ぴくりともしないのだ。朱里は声を震わせまいと、喉に力を入れた。

「何故、私を連れてきたの？　血を吸い尽くし殺すため？　お前がかつて——お母様をそうしたように」

憎しみを込めてそう詰問すると、幻影男爵の肩がぴくりと上がった。その反応が何を示すのかは窺いしれない。

「答えろ。お前は青梅家の手の者か。私の母を殺めたのはお前か！」

しばしの沈黙の後、幻影男爵は静かに答えた。

「是、である」

「——ッ！」

居直ったような態度に、目の前が怒りで真っ赤に染まる。

すると突如として、幻影男爵は両腕を大きく広げた。

体全体を朱里に晒している。まるで——この身を貫いてみろと言わんばかりに。

まだ聞きたいことは山ほどあった。どうして母を殺めたのか。どうして十年の時を経て、再び凶行に走ったのか。青梅家の狙いは何なのか。

いや、もうなんでもいい、と朱里は思考を放棄した。

この妖魔を調伏することができるのなら。

——母の仇が、紅蓮野家の仇敵が討てるのなら。

「地獄に堕ちろ……！」

朱里は一息に幻影男爵の胸へ、薙刀の穂先を突き立てようとした。

——そこへ。

ガアッ、と鋭い鳴き声がした。

見ると辺りを包む青白い月光を切り裂くように、一羽の大きな烏《からす》が翼を畳んで急降下してくる。朱里が一瞬、怯んだ隙に烏は幻影男爵へ襲いかかった。

「——、っ……！」

烏に足蹴にされ、幻影男爵は声なき声を上げた。しかしすぐさま霧に変じて姿をくらますと、夜空へ舞い上がる。

烏は器用に旋回し、幻影男爵を追った。

朱里は烏の足が三本あることに気づき、その正体を知る。

——八咫烏《やたがらす》。古い神話にも出てくる神だ。現代では人ならざる者、妖魔に分類されるが、高位の存在でもあり、巷で見かけることはまずない。

「八咫烏がどうしてこんなところに……」

幻影男爵と八咫烏の小競り合いは続いている。二つの黒い影は交互に入れ替わり、満月に映し出される。

瞬間、八咫烏が虚を衝かれた。幻影男爵の動きを捉えきれず、手刀で叩き落とされる。グァ、という悲鳴に似た鳴き声を上げ、八咫烏は力なく地面に落ちた。羽根の一部が血のように赤く変色している。呪詛を受けたのだ。

「危ない……！」

朱里が何かする前に、幻影男爵が素早く動いた。

怪人は右手に呪符を掲げていた。その口元が動く度に、八咫烏が苦悶の声を上げる。おそらく呪詛を重ねようという腹づもりだ。

「やめて！」

朱里はとっさに八咫烏へ駆け寄った。決死の覚悟でぐったりとしたその体を拾い上げる。幻影男爵に朱里自身が狙われてもおかしくなかったが、黒い影はさっと身を引く。千載一遇の機会であったのに、と疑念を抱いたが、手の中の八咫烏を救うのが先だ。

八咫烏はぐったりと倒れ込んでいた。退魔士の目で見ると複雑な呪詛が絡まり合っている様が分かる。やはり呪術の心得がなければできない芸当だ。解呪してやりたいが、今の状況では難しい。どうしたらいい。朱里が考えあぐねていたその時、八咫烏の嘴《くちばし》が動き、どこか聞き覚えのある声がした。

「若……すみま、せ――」

「え？」

朱里はますます混乱を極める。これは、この声は――。

「オン……！」

掠れた声とともに、幻影男爵の呪符が飛んできた。朱里はとっさに八咫烏へ覆い被さる。

呪符が右の肩口を掠めると同時に、強烈な痛みが右腕全体に走る。

「あ、う、あぁぁ……！」

朱里は歯を食いしばった。呪詛が体に広がっていく感覚が神経を焼く。皮膚を、肉体を、魂までをも焼かんとする。着物の袖が焦げ、むきだしになった腕の皮膚が赤黒く変色していた。

なんて強力な呪詛、強大な力。霞む意識の中、朱里は自分が敗北したのだと知る。

いつの間にか地面に突っ伏していた。誰かが朱里の名を呼ぶ声がしたが、耳鳴りが酷く、ぼんやりとして聞き取れない。

「お母、さま……お、とうさ……」

白く染まる脳裏に亡くなった母が、厳格な父が浮かぶ。それから――幼い頃からずっと一緒にいた少年の柔らかい笑顔も。

「要……」

朱里が死んだとなれば、あの心優しい少年はどれほど悲しむだろう。せっかく薔薇を育ててくれたのに、共に母の墓を参ることすらできなかった。

「……ゆる、して――」

頬に一筋涙が伝う。朱里は痛みで朦朧としながら、体を丸くして地面に横たわる。

焼けた肌がふつりと粟立った。おそらく幻影男爵が近付いてきている。

しかし朱里にはもう対抗する術はない。死が間近に迫る中、しかし不思議と恐れは遠のき、何やら真綿でくるまれたかのような安堵感に包まれる。

――ああ、私はずっとこうして眠りたかったのかもしれない。

母の仇を取りたかった。父の期待に応えたかった。けれど、どれだけ強がっても、自分は自分以上の存在にはなれない。何も成し遂げられずに、命を落とす。

せめてもう一度だけ、父に会いたかった。食事を共にし、たわいもない話をするだけで良かった。要にお礼を言いたかった。これまで一緒にいてくれてありがとう、と。

それから……。

最後に思い浮かぶのは何故か、あの青年軍人の姿だ。

――私にあたたかい時間をくれた、優しい人。

「せいし、ろう……さま――」

もうそれ以上、声が出なかった。朱里は心の中で謝罪を繰り返す。

――ごめんなさい、清司郎さま、ごめんなさい……。

いよいよ朱里の意識が沈もうとした、その刹那だった。

朱里と幻影男爵の間に割って入る影があった。朱里の意識は束の間浮かび上がり、視界が僅かに戻って、その姿を捉える。

──獣だ。

鋼のように固い毛を持つ、巨大な黒い狼だった。

「──！」

その狼を見た瞬間、幻影男爵は大きく後ろに跳び退いた。まるで狼を恐れるように。

「……っ」

幻影男爵はしばし逡巡の間を置いた後、霧と化して夜闇に消えた。

──周囲に、耳が痛くなるような静寂が訪れる。

「あ……」

緊張が解けたことで、力が一気に抜けた。生の縁にしがみ付いていた手が離れ、死の奈落へ落ちかけたところを──力強い声が引っ張り上げる。

「朱里さん、朱里さんっ……！」

──朱里は見た。

黒狼が段々と人の形に変じていくのを。体毛は消え、代わりに軍服になる。長い口吻《こうふん》が引き、形の良い唇が朱里の名を必死に呼ぶ。

まさか──。

朱里がその正体に思い至った刹那、腕に激痛が走った。

「う、ぁ……！」

朱里は肺が潰れんばかりに呻く。呪詛の力が飽和し、腕の皮膚が裂けた。石榴《ざくろ》の皮が弾けたかの如く、血飛沫が上がる。

「気をしっかり……！」

耳鳴りが酷くなる。傍にいるはずなのに、遥か遠くで声がする。

朱里は霞む視界の中、確かに見た。

目の前の人物が印籠《いんろう》から黒い丸薬を取り出し、朱里の口に含めようとする。

漆塗りの印籠には家紋があった。

梅と五芒星が描かれた、珍しい家紋だ。

薄れゆく朱里の脳裏に、いつかの光景が甦った。

父に連れられて、宮城に行った時のこと。

――『朱里。あれが青梅家の連中だ』――

確かに、青梅家当主の紋付に同じ家紋が染め抜かれていたのを――鮮やかに思い出す。

「お、うめ……青梅家……」

朱里は印籠に震える手を伸ばした。霞がかった視界の向こうで、誰かが悲痛に顔を歪めるのが見えた。

直後、朱里の意識は白い闇に呑まれた。

第二章

銀の弾丸はこの手の中に

――母が笑っていた。

明るい日差しが降り注ぐ庭で、赤い薔薇を愛でている。

その隣にいるのは幼い要だった。彼は興味深げに母の手元を覗き込んでいる。

朱里は二人の様子を縁側から眺めていた。自らの小さな手に盆を持っている。湯呑みが四つ、載せられている。

夢うつつながら、ぼんやりと思い出す。ああ、そうだ。庭を手入れしている母と要にお茶を持ってきたのだ。

彼らに声をかけようとした瞬間、朱里の背後に人の気配が現れた。

振り返ると、父がいた。着流しのまま気楽な様子で縁側に座る。胡座《あぐら》を搔き、膝の上で頬杖をついて、庭の光景を見ていた。表情は乏しく、言葉もなかったが、頬が僅かに緩んでいるのが分かった。

朱里に向かって、父はぽんぽんと自らの隣の床を叩いてみせた。朱里は盆を置き、父の傍らに座する。

木漏れ日が縁側にまで届いて、朱里の小さな体を温かく包み込んでいる。母がいて、父がいて、要がいて――ずっとこんな日々が続くと思うと、それだけで安心感に包まれて、なんだか微睡《まどろ》みそうになる。

朱里と父に気づいたらしく、母がこちらを振り返った。瞳が優しげに細められる。母は要を伴って、縁側にゆっくり歩み寄ってくる。

――お母様、要、お茶にしましょう。

朱里はそう言いかけて、声が出ないことに気づいた。金魚のように口がぱくぱくと開閉するばかりで、一向に言葉が紡げない。

戸惑う朱里に、母が微笑みかける。頭に伸ばされた母の手はしかし、周囲の陽光がどんどんと目映くなり――やがて光の中に溶けて消えた。


うっすらと開いた目に、見慣れない天井が飛び込んできた。

花形の華美な電灯が、アールデコ調の壁紙によく合っている。

背面が柔らかい布団に受け止められているのに気づいた。体を包む掛け布団も綿がしっかりしていて温かかった。いつもより床が遠い。どうやら自分は寝台《ベッド》に寝かされているようだ。しかもいつの間にか、糊の利いた真新しい浴衣を着ている。

「わたし……」

つと、温い涙がこめかみを伝った。夢を見ていた気がする。温かいのに、悲しい夢を。

意識がはっきりするにつれ、夢は彼方に消えていく。朱里は強く首を振った。

「それより、ここは……」

朧気な記憶を必死に辿る。確か幻影男爵が神楽坂に出没し、それから――。

――梅に五芒星の家紋。

「……ッ！」

撥条《ばね》仕掛けの如く、寝台から飛び起きる。途端に視界がぐらりと揺れた。酷い目眩に負け、朱里は頭を押さえた。

なんとか歯を食いしばって耐えていると、不意に扉が開く音がした。

「誰っ……!?」

「わっ」

鋭い誰何の声に、扉の向こうから甲高い声が返ってくる。

緊張を漲らせて朱里が見守る中、同年代の少女が扉の向こうから姿を現した。朱里を見るなり、愛らしい笑みを浮かべる。

「ああ、良かった。目が覚めたんですね!」

くりっとした瞳の少女だった。そばかすが残る頰に、幼い印象を受ける。お仕着せだろうか、格子柄の着物に割烹着《かっぽうぎ》を着ている。この瀟洒《しょうしゃ》な洋間にはあまり合っていない。

困惑する朱里をよそに、少女はとことこと寝台に歩み寄る。

「ずっと眠っていらっしゃったから、私、もう心配で心配で」

「えっと……」

嬉しそうな声音に、朱里は拍子抜けする。少女は手にしていた盆を、寝台の横にある小さな卓の上に置く。そこには水差しと洋盃《コップ》があった。

「まずはお水を召し上がってください。そうだ、汗はかいていませんか？　寝汗をそのままにしておくと風邪を引いてしまいますからね」

少女はてきぱきと洋盃に水を注ぐと、朱里に手渡してくる。言われるがまま水を飲むと、渇ききっていた喉が潤った。

その間にも少女は朱里の体を、手拭いで清めていく。身を乗り出した彼女の背後に茶褐色の尻尾が見え隠れしていた。狸や鼬《いたち》に似ている、ふさふさと動くそれに釘付けになっていると、彼女ははっと後ろ手に尻尾を隠した。

「あっ、ごめんなさい！　私、油断するといつもこうなっちゃうんです……」

どこか既視感に襲われながらも、朱里は少女に尻尾が生えている意味を考える。おそらくは半人半妖なのだろう。妖狸か鎌鼬《かまいたち》の類か……。だが彼女から敵意は微塵も感じられない。むしろ甲斐甲斐しく世話をされている身としては、尋ねにくかった。

「あの、あなたは？」

それから、ここはどこ？　そう尋ねる間もなく、少女は答えた。

「あっ、申し遅れました。はじめまして、私はそらって言います。若様から仰せつかって、朱里さまのお世話をさせていただいてます」

少女――そらは人懐っこい笑みを浮かべた。

「朱里さま、三日も眠りっぱなしだったんです。若様は問題なく解呪したって仰ってたけど……。私、ここで長いこと奉公してるのに、そういうのは良く分からないから」

そらが意気消沈したところを見計らって、朱里は固い声音で詰問した。

「ここは――青梅家のこと？　若様というのは清司郎と名乗る人のこと？」

そらは少々面食らったようだった。

「……はい、ここは青梅家の本邸です。これ以上は、若様……清司郎さま自らご説明されると聞いています」

さっきまで溌剌《はつらつ》としていたそらが、眉尻を下げた。心苦しいけれど、追及の手を緩めるわけにはいかない。

「なら、すぐに話が聞きたい」

「けど、朱里さまはまだ目が覚めたばっかりですし、あまり無理をされては……」

「お願い」

語気を強めると、そらは弱りきったように俯いた。それでも尚、彼女をじっと見据えていると――。

「――朱里さん……」

聞き馴染みのある声がして、朱里は扉に視線を向けた。

そこには、清司郎が立っていた。


呼びかけられた朱里は答えず、ただ清司郎を睨みつけた。

清司郎は濃紺の縮緬を着流している。軍服姿しか見たことがないので、随分と印象が違った。それは何も出で立ちが違うから、というだけではない。

朱里は彼の正体をすでに知っている。

その事実が清司郎の姿を、今までとは異なるものに見せている。

「わ、若様。困ります、まだ朱里さまはお着替えも済ませてないんですよっ」

そらがいさめると、清司郎は困ったように眉根を寄せた。朱里は今更自分が浴衣姿なのに気づいたが、そんな些末事《さまつごと》に構っている場合ではない。

「そらさん、悪いけれど席を外して」

「えっ……」

有無を言わさぬ朱里の声音に、そらはおろおろと両者を見比べた。清司郎が一つ頷く。

「そら、下がってくれ」

「は、はい」

後ろ髪を引かれるといった様子で、そらはゆっくりと部屋を辞した。

扉が閉められ、清司郎と二人きりで相対する。清司郎はその場を動こうとせず、お互いの距離は保たれたままだ。

朱里は言葉を発そうとして、喉が詰まる感覚に襲われた。胸中では激情が渦巻いているのに、清司郎を前にすると何も言えない。

「幻影男爵にやられた腕は大丈夫ですか」

口火を切ったのは清司郎だった。

「解呪と手当てはしましたが、傷が思ったよりも深く……。医者に診《み》せたら傷跡が残るかもしれない、ということでした」

「そうですか」

嫁入り前の娘にとっては重大な瑕疵《かし》だろう。しかし朱里が他人事のように相槌を打つので、清司郎はやや鼻白んだようだった。

「そんなことよりも、貴方の本当の名前を教えてくださいますか」

もちろん、退魔士の間で真名を交わすことが御法度だということは分かっている。けれど朱里は問わずにいられなかった。そうせずして、先には進めないからだ。

清司郎は拒否することもなく、淡々と答えた。

「俺は——青梅清司郎と申します。現当主の長男であり、青梅家の嫡男です」

朱里は奥歯を強く強く噛みしめた。

分かっていた、分かりきっていたことなのに、喉の奥から苦いものがこみ上げる。感情をぶちまけたいのを抑えて、朱里は呻くように尋ねた。

「ずっと黙っていたのね……。私の母の仇が青梅家だと聞いて、尚」

「朱里さん、それは——」

清司郎が何かを言い募ろうとした時、室内に風が入り込んだ。窓が僅かに開いており、傍に見覚えのある軍人が立っていた。清司郎が彼を見咎める。

「涼介《りょうすけ》……」

「おっと、出てけって言われても出ていきませんよ。若とその娘を二人きりにするなんざ、護衛の名折れです」

　七五三野は鋭い視線で朱里を見据える。あの軽薄ながらも人当たりの良い青年の面影はどこにもなかった。

「そっちだって素性を隠して近づいたくせに、あんたも口が減りませんねえ。——紅蓮野朱里さん？」

　朱里は冷や水を浴びせかけられたように凍り付いた。

　清司郎が七五三野に手の平を向ける。

「涼介、やめろ」

「ここまで来たんです。お互い、まどろっこしいのはやめにしましょうよ」

　心の臓がどくどくと嫌な音を立てる。背筋にひやりとしたものを感じたのも束の間、塗り替えるようにして今度は頭の芯が熱を帯びる。

　傍らの清司郎を睨め付ける。

　——とっくに知っていたんだ、この男は。私が紅蓮野家の娘であることを……！

　清司郎と幻影男爵を追ったこの数日間が、急激に色褪せていく。なにもかも茶番だった。すべて青梅の手の平の上で転がされていたのだ。

「いつから……。どこから——！」

　息苦しさに表情が歪んだ。清司郎は痛ましそうに黙り込む。代わりに七五三野が口を開いた。

「浅草に行った直後、俺が調べ上げました。やたら青梅を敵視している、と若から相談されたもんで。俺は若の部下であると同時に、青梅家の間諜《かんちょう》でもありますからね。あんたの素性は全部割れてます。さすがに腐っても紅蓮野は退魔士の名家、正体を摑むのに四日かかりましたけど」

「じゃあ、しばらく音沙汰がなかったのは……」

「ええ、俺がずっと調査をしてました。若には会うのを控えるよう、言い含めてね」

七五三野のぞんざいな口ぶりに腹が立ち、朱里は吐き捨てるように言った。

「……烏《からす》はこそこそと闇に紛れるのが得意ということ。神の御遣《みつか》いも落ちたものね」

「あいにくと八咫烏の血は薄くてね。俺は少々変化できる程度なんですよ」

あの時、幻影男爵と朱里の間に割って入ったのは他でもない七五三野だ。彼は自分が妖魔の血を引くということをあっさり認めた。

次いで、朱里は清司郎に視線を巡らせる。

「そして貴方はあの黒い狼になった」

清司郎は沈痛な面持ちで黙っている。一つの疑問が解消した。あの時、花街の廃屋の前で小さな女性の声を聞きとったのは人狼の聴力があってこそだったのだ。

声を荒らげたのはまたしても七五三野だった。

「おい、若はあんたを助けたんだぞ。紅蓮野のお嬢さんは礼の一つも言えないのか？」

「助けた？　馬鹿を言わないで。幻影男爵は主人が来たから身を引いたのでしょう」

朱里の言葉に清司郎が割って入る。

「待ってください。それはどういう意味ですか？」

「しらを切るのも大概にしてください。私が『青梅の手の者か』と尋ねたら、幻影男爵は『是』と答えた。青梅と怪人が繋がっている何よりの証左ではないですか」

清司郎と七五三野の視線が、朱里を挟んで空中で重なる。清司郎は朱里に向かって小さく首を横に振った。

「それは彼奴の虚言です。青梅は幻影男爵とは断じて無関係です」

「なら何故、怪人は嘘をついたのですか。どうして貴方がやってきた瞬間、退いたの？」

難しい顔をして黙り込む清司郎の代わりに、七五三野が一歩進み出る。

「浅慮なお嬢さんだな。本当に怪人と青梅が繋がっていたら、わざわざ主人を明かすような真似をするか？　単純に数の上で不利を悟ったんだろうよ」

「私は呪詛を受けていた。貴方だって動けないでいたでしょう。実質、幻影男爵は黒狼と一対一の状況だったはずです」

七五三野はすぐさま口を開きかけたが、やめた。朱里も軽く嘆息する。このまま水掛け論が続くのは明白だ。

何にせよ、こんな敵地の真ん中にいつまでもいるつもりはない。

朱里は緩慢な動作で布団から抜け出ると、寝台の上で三つ指をついた。

「三日三晩に亘る介抱には感謝いたします。けれどもうそれには及びません。私の服や荷物をいただけますか。家に帰りとう存じます」

わざと慇懃な口調で言うと、清司郎はまた苦しそうに俯いた。

先ほどから清司郎の態度が癇に障って仕方がない。間諜を使って朱里の正体を突き止めたくせに、まるで自分はしたくなかったとでも言わんばかりだ。

私だって。

……私だって、こんなこと知りたくなかった。

「卑怯者」

「え……？」

「いつまで項垂《うなだ》れているおつもりですか？　こうなってしまった以上は仕方ないでしょう、私と貴方は決して相容れない身。袂を分かつより他ありません」

朱里は顔を上げ、眼光鋭く清司郎を睨む。

「それとも――母を殺めた下手人を大人しく差し出しますか？」

本当は寝台なんか飛び出して、青梅家本邸を駆けずり回りたい気持ちでいっぱいだった。ここにいるかもしれないのだから。幻影男爵が。母の仇が。

けれど今は清司郎と七五三野に挟まれている。実力行使をしたくとも、手負いの朱里には分が悪い。

とにかく、一刻も早く青梅家のことを父に知らせるのだ。そうすればきっと父が動いてくれる。分家筋も動員すれば、青梅に一泡吹かせられるかもしれない。

――母の仇が討てるかもしれない。

朱里がそんな算段をしていると、清司郎は静かに目を瞑った。

そして開いた双眸には、先ほどまでは無かった——意志の光が宿っていた。

「朱里さん、俺は青梅の嫡男として断言します。幻影男爵は青梅の者ではありません」

「まだそのような戯れ言を」

朱里は膝の上で強く拳を握る。

「怪人本人が白状したのです。それに幻影男爵は妖魔の身でありながら、退魔士の呪術を使った。これが青梅の半妖でなくて何者なのですか！」

朱里は幻影男爵が呪術を行使するところを、はっきり目撃した。それは清司郎のみならず、七五三野も承知のことではないか。

「ええ、俺もしかと見ました。幻影男爵は呪術の心得がありながら、妖魔の血を引く者なのでしょう。しかし再三申し上げますが、青梅は関わっていないのです」

「この期に及んで言い逃れするのですか……！」

「いいえ、これは誓って真実です」

「誓って？　一体、何に誓うというの？」

怒りに顔を歪めて問いただす朱里を、清司郎は真正面から見つめた。

「——俺の、亡くなった母に」

清司郎の瞳は何の瑕疵もない宝石のように澄んでいる。朱里は思わずたじろいだ。

「朱里さん、お願いがあります」

一呼吸置くと、清司郎は寝台のそばで片膝をついた。低くなった視線が真っ直ぐに朱里を射貫く。

「当主に会ってくれませんか。青梅朔太郎《さくたろう》、俺の父です」

「それは……何故」

突然の申し出に戸惑いを隠せない朱里を、清司郎は尚も真摯な眼差しで見つめる。


「――俺は貴女に結婚を申し込みたい。当主にその許しを得たいのです」


朱里は零れんばかりに目を見開く。

まるで時の流れが止まってしまったかの如く、室内は静寂に包まれた。

朱里はまじまじと清司郎を見つめる。面白くもない冗談を――と、疑いの眼差しを向けるも、清司郎は冷静に朱里を見据えている。

本気なのだと、他でもない清司郎の双眸が物語っていた。困惑を引きずったまま、朱里はたどたどしく尋ねる。

「あ、貴方は、何を……。今、結婚、と仰いましたか……?」

聞き間違いという可能性に賭けてみた。しかし清司郎はあっさり「はい」と首肯する。

すると、慌てて七五三野が清司郎に詰め寄った。

「若、そんな冗談を言っている場合じゃないでしょう。早くこの娘を叩き出して、青山に戻りましょう。まだ神楽坂での一件、報告書が纏まってな――」

「俺は冗談を言った覚えはない」

にべもなく言葉を切られ、七五三野はしばしぽかんと口を開けていた。だが朱里同様、清司郎の目が本気であることを悟るや否や、盛大に顔を顰めた。

「じゃあ、何か？　あんた、本気でこの娘と結婚するつもりか。真面目が一周回っておかしくなったのか」

いきり立つ七五三野を手で遮ると、清司郎は朱里に向き直った。

「俺は本気です、朱里さん」

「ば、馬鹿にするのもいい加減にして。そんなもの受けるはずないでしょう！」

痛む体を押して、寝台から抜け出る。まだ力の入らない両足を意地だけで立たせた。

「貴方達は我が紅蓮野家の仇敵。そして幻影男爵を使って、私の母を殺した！　そんな家の男と結婚するぐらいなら、今すぐ舌を嚙み切って死んだ方がましだわ！」

声高に叫ぶ朱里へ、清司郎はそっと近づいた。耳元に吐息を感じるまでに、清司郎の唇が近づく。

「……青梅家のことをもっと知りたくはないですか？」

聴覚に直接吹き込まれた言葉に、朱里はぎこちなく動きを止めた。

「先に言っておきますが、青梅家の場所をお父上に報せることはできません。本邸には強力な結界が施してあります、貴女ほどの退魔士であってもすり抜けることは不可能です」

「それは……」

退魔士の家系はその本拠を強力な結界で秘匿する。通称『大結界』とも呼ばれており、一時的な結界とは規模も能力も一線を画する。青梅家の大結界にはおそらく朱里の行動を監視できる能力があるのだろう。つまりここを自分の意志で抜けだしたり、父に連絡をしたりすることは困難なのだ。退魔士の中でも謎めいた青梅の本邸、その大結界を朱里一人でどうにかすることは不可能だと清司郎は言っているのである。

「俺の提案を呑めば、貴女はこのまま青梅家に留まることができる。俺がそう計らって差し上げます、必ず」

甘美な響きさえ含んだ声で、清司郎は続ける。

「少なくともお父上はそう望んでいるはず。だったら俺を骨の髄まで利用すればいい」

小さく息を呑み、清司郎を見やる。すぐそばにある顔は別人かと思うほど、冷徹な表情だった。

「何を……考えているの……？」

底知れぬものを感じ、朱里はかすかに声を震わせる。清司郎は答えない。凪いだ瞳で朱里を見返すのみだ。

自ら敵を招き入れるだなんて。侮られている。そう怒りを覚えた瞬間、生来の負けん気が鎌首をもたげた。

謎多き青梅家の内情を知る上で、清司郎の婚約者という立場には利用価値がある。父は青梅のことをずっと探っていた。その父ですら摑めなかった青梅家の中心に、今、朱里はいる。

目の前のこの男が何を企んでいようと、関係ない。

本人が利用しろというのなら、そうするまで。

――私は、私の目的を果たすのみ。

「……分かりました」

目の奥がちかちかする。見えぬ炎が燻っているかのように。

「そこまで仰るなら、その通りにいたしましょう。けれど――私は紅蓮野の名に賭けて、青梅の悪行を暴きます。何を考えているのかは知りませんが、どんな手練手管を使っても決して貴方の思い通りにはならない」

「結構です」

清司郎は淡々とした口調で言うと、さっと踵を返した。

「父に話を通してきます。朱里さんの準備が整う頃にまた来ます」

「若！　ちょ……っと、おい、待てって！」

部屋を出て行く清司郎を七五三野が怒声を上げながら追いかける。

……思いがけない事態になった。

一人残された朱里は、か細い息を吐いた。

——清司郎の突拍子もない発言から、二時間ほどが過ぎていた。

その間、朱里は式を作成し、窓から放った。鳥の形代《かたしろ》となり、青空へ吸い込まれていく式を見送る。父への伝言だ。結界をかいくぐれるとはとても思えないが、それでも何もせずにはいられなかった。

しばらくして、ようやくそらを通して清司郎から声がかかり、青梅家当主に目通りすることとなった。

朱里は警戒心も露わに洋間を出た。扉のすぐそばで清司郎が待っていた。桑《くわ》色の色紋付羽織袴に着替えている。

朱里はというと、用意された御召《おめし》縮緬を着ていた。薄桃色に七宝《しっぽう》花菱《はなびし》の紋《もん》御召《おめし》だ。着心地が良く、上等なものだと分かる。髪はまとめ上げられ、繊細なつまみ細工の飾りがついている。右腕の自由が利かないので、身支度はすべてそらにやってもらった。

「父に話をつけてきました。ただし我々が利害関係から婚約することは伏せてありますので、くれぐれもご内密に」

「……分かりました」

「結構。では参りましょう」

清司郎が淡々と廊下を進んでいく。やがて硝子窓のある飴色の扉が見えてきた。清司郎が扉を開けると、目映い光が差し込んでくる。

そこは渡り廊下だった。さっきまでいた洋館は離れだったらしい。

空を見上げると、太陽が中天に上っていた。

陽光が青梅家本邸の全貌を映し出す。

板張りの渡り廊下から、立派な庭園を望む。松や檜《ひのき》、犬黄楊《いぬつげ》などの大木。躑躅《つつじ》や青木、南天といった低木。どれも枝葉が綺麗に整えられている。

池泉には錦鯉《にしきごい》が泳いでいて、中央にかかる石橋からならよく見えそうだ。苔むした庭石、整えられた築山。全てが調和し、洗練されているのが遠目からでも分かる。

母屋は純和風建築であった。切妻屋根にいぶし瓦が整然と並んでいる。大きく首を巡らせねば、全体を把握することができないほど建物は広い。

渡り廊下を抜け、母屋に入る。忙しなく行き来する使用人達は清司郎を見るなり、脇に退いて頭を下げる。皆、血色が良く、表情が明るい。お仕着せも上等なものだ。

……立派な屋敷、立派な家。

それに比べて、紅蓮野本邸は寂しいものである。見てくれこそ結界で偽装しているが、中身は古い武家屋敷だ。使用人とて要一人きりである。

「随分と羽振りが良いのですね」

思わず零してしまった言葉に、なんと下世話な物言いかと恥じ入った。しかし清司郎は気にした風もなく答える。

「父と叔父が商会を営んでいますから。最近は汽車製造や鉱山への資本参加もしています。そちらが主な収入源です」

要するに退魔士稼業以外で稼いでいるということだろう。確かに華族や士族の中にはそういった会社経営をする者が多い。しかし『士族の商法』と揶揄されるように、慣れない商いに手を出して、失敗する者がほとんどだ。青梅家のように成功する例は珍しいと言える。そういった悪あがきをしない家も――紅蓮野家のように先細りする。

朱里が打ちのめされているとは露知らず、清司郎はとある部屋の前で立ち止まった。

「ここです」

松竹梅が描かれた大きな襖が目の前にある。清司郎が襖の前に座すのに、朱里もならった。

「失礼します、父上。清司郎です。入ってもよろしいでしょうか」

しばらくしてくぐもった返事が聞こえてきた。

「……良い」

低く、よく通る声だった。清司郎は一拍置いた後、襖を静かに開けた。

二十畳は下らないであろう、広い座敷であった。

畳から濃い藺草の香りがする。建材には無節の檜や黒檀《こくたん》が使われているようだ。欄間《らんま》は松の意匠が美しい透彫である。開け放たれた丸窓から、立派な桜の木が見えた。春をそのまま額縁に収めたかのような景色であった。

山水画の掛け軸が飾られ、猫柳の花が生けてある床の間――それを背に、上背のある男が立っていた。

年の頃は五十にもなるだろうか。鼠色の着物に藍色の羽織を着て、腕組みをしている。細面の男だった。丸眼鏡をかけており、いかにも神経質そうな顔をしていた。清司郎とはあまり似ていない。眼鏡の奥から鋭い眼光が、朱里に向けられていた。

知らず知らずのうちにごくりと唾を呑む。

この男が、青梅家の当主。

――我が紅蓮野家にとって、最大の宿敵。

「朱里さん、どうぞ」

清司郎に促され、朱里は部屋の中ほどまで入り、あらかじめ敷かれていた座布団に腰を下ろした。半歩分ほど空けて、清司郎もその隣に座る。

当主はしばらく座らず、朱里と清司郎を睥睨《へいげい》していた。清司郎が黙って待っているのに、当主はようやっと緩慢な動作で座した。

耳に痛いほどの沈黙が、座敷を支配している。口火を切ったのは清司郎だった。

「朱里さん、こちらが父・青梅朔太郎です。父上、こちらが――」

「紅蓮野の娘、か」

青梅朔太郎は深々と溜息をついた。脇息《きょうそく》にもたれ、大層物憂げである。

「清司郎。紅蓮野の娘を本邸に引き入れたことには、相応の沙汰が下る。まったく、結界を張り直すのにどれだけの時間と労力を要するか」

「そのことについては申し訳なく」

清司郎は畳に手をつき、頭を下げた。

「――父上、改めて申し上げます。私と朱里さんの婚約をお許しください」

これは契約だ、あくまでも青梅家の内情を探るため。

そう自らに言い聞かせ、朱里も屈辱に耐えながら額ずいた。

「……ふつつか者ですが、よろしくお願いいたします」

屈辱に声が震えぬよう、朱里は肩に力を入れた。何が悲しくて、憎き仇に頭を下げなければならないのか。だがこれも父のため、家のため、そして――今は亡き、母のためである。

しかし果たして朔太郎が、紅蓮野家の娘と自分の息子との婚約などという、世迷言を受け入れるのか。

座敷には冷たい沈黙が落ちている。

やがて朔太郎が低く唸るように言った。

「本当に、血迷ったのではないのだな」

「はい、無論です」

朔太郎は肺腑《はいふ》の空気を全て押し出すような、深い溜息をついた。怒るでもなく、呆れるでもなく――どこか諦めた様子である。

父に話を通す、と清司郎は言っていた。現に朱里が座敷に呼ばれるまではかなりの時間を要している。清司郎は父を説得していたのだろう。だが二時間そこそこで受け入れられるほど軽い話ではないだろうに。紅蓮野家と青梅家の縁談などという途方もない話を、清司郎がどうまとめたのかは気になるところだ。

否、朔太郎にもまた利がある話だとしたら？　たとえば――そう、紅蓮野家には朱里以外、直系の子供がいない。そのことを青梅が摑んでおり、朱里を手元に置いてしまえば、直系の血が途絶えることとなる。紅蓮野家の娘なら退魔士としての能力も申し分ない。子供を産ませる価値もある。なにせ、妖魔を娶る家だ。それぐらいのことはするだろう。

いずれにせよ使命を果たすためには艱難辛苦《かんなんしんく》に立ち向かわなければならない。絶対に諦めてなるものか、と朱里は畳を見つめながら決意を固める。

ややあって、朔太郎が立ち上がる気配がした。

「お前の好きにしろ、清司郎。……まったく誰かに似て、頑固者だ」

朱里は思わず頭を上げた。あっさり婚約が許されたのだと知り、動揺して、動いてしまった。朔太郎はちらりと朱里に視線を移した。

「紅蓮野の娘よ。愚息をどう籠絡《ろうらく》した？」

「おやめください、父上。婚約を申し出たのは私です」

清司郎が即座に割って入る。朔太郎は苦虫を嚙みつぶしたような顔をした。

「今更、紅蓮野如きに、青梅へ手出しはできん。どのような浅知恵を働かせてもだ」

「父上」

清司郎が再度、咎める。朱里はぎゅっと拳を握り締めた。爪が手の平の皮を食い破らんばかりに。

朔太郎は立ち上がり、素早い足取りで座敷を出ようとする。襖を開き、部屋を辞す直前、鋭い眼光が、朱里に突き刺さった。

「誰であれ、この青梅を害することは決して許さん。私の目の黒いうちは、決して」

捨て台詞を吐き、朔太郎は苛立たしげに襖を閉めた。

洋間の窓の外が、夕暮れ色に染まっている。寝台から身を起こした朱里は、一体どれだけ眠っていたのだろう、と忸怩《じくじ》たる思いに駆られる。

朔太郎への目通りが終わってすぐ、どっと疲れが押し寄せた。朱里は昼食もとらず、部屋に戻り、そのまま寝台に倒れ込んでしまったのだ。

十全でない自分の体が恨めしい。朱里は額に手を当てた。肌から伝わる熱が明らかに高い。三日三晩眠っていたというのに、いまだ治りきらないのか。

「三日……」

朱里はぼそりと独りごちた。母の命日が過ぎてしまった。父の同行は望むべくもないが、せめて要と墓参りにいきたかった。彼が育ててくれた薔薇を携えて。

不意に、窓をこんこんと叩く音が聞こえた。見ると紙でできた鳥が、嘴で硝子を突いている。朱里は重たい体を引きずって寝台から下りると、窓を開けた。紙の鳥――式は朱里の手の平に収まり、ぱたりと動かなくなる。

式は文を携えていた。父から返事が来たのだ。

「結界を通れたの……？」

信じられない心持ちで文を開いた。

そこには青梅家本邸に潜入したことへの賞賛、そのまま探りを入れるよう指示する旨が書かれていた。

「お父様……」

朱里は瞳を潤ませた。父の役に立てたことが何よりも嬉しく、誇らしい。今まで孤独に妖魔を調伏してきたことも、幻影男爵を追って負傷したことも、憎き青梅家の嫡男と婚約の真似事をしなければならない屈辱も、全て報われた気がする。

「お父様、私、死力を尽くします。必ずや、お母様の仇を……！」

熱を持つ額に文を宛てがい、朱里は祈るように目を瞑る。

そこへ、突然声がかかった。

「喜んでるところ悪いですけど、手紙の内容はこちらでも確認しましたよ」

朱里はびくりと肩を跳ね上げた。先ほどまで誰もいなかった洋間の隅に、七五三野が腕組みをして立っていた。朱里は顔を強張らせ、七五三野をじっと見据える。

「間諜は盗んで見るのも聞くのも得意、というわけ」

「当たり前ですよ、こちとらそれが仕事ですから。ついでに言うと、あんたの式もこの式も一度術を解いて、再度俺が運びました。本邸の場所を嗅ぎつけられたらことなんでね」

肩を竦めた七五三野に、朱里は密かに歯噛みする。やはり、そう上手くはいかないか。と、部屋の扉が数回叩かれた。返事をするとそらが入ってくる。

「朱里さま、失礼しま――って、ちょっと、涼介!?　婦女子の部屋にみだりに入り込むなんて、何考えてるの！」

円らな目がきゅっと吊り上がる。朱里を厳しく睨め付けていた七五三野は途端、泡を食ったような顔になる。

「騒ぐなよ、そら。俺はただ自分の仕事をだな……」

「問答無用、朱里さまはこれからお着替えするんだから。さぁ、出て行きなさーい！」

「わか、わかったから。引っ張るなって！」

そらは七五三野の腕を摑むと、ずるずると部屋の扉まで連れて行く。そして七五三野を廊下に叩き出すと、有無を言わさず扉を閉めてしまった。

大の男になんら物怖じしないそらを、朱里はぽかんと眺める。

「さて、お邪魔虫はいなくなりましたし。お着替えして、ご飯にしましょうっ」

その笑顔に妙な迫力を感じて、朱里も唯々諾々とそらに従った。そらは手早く朱里の着物を脱がせた。そして湯と手拭いで背中を拭いてくれる。

「本当はお風呂に入っていただきたいけど、お体が辛いですもんね。元気になったら私がお背中を流して差し上げますから！」

さっぱりした体に糊が利いた浴衣を纏うと、少し気分も晴れてくる。そらはてきぱきと食事の用意を始めた。小鍋に入った雑炊だった。出汁の香りがなんとも食欲をそそる。そらは雑炊を茶碗によそい、れんげと一緒に差し出してきた。

「熱いから気をつけてくださいね」

朱里は言われるがままに雑炊を食した。刻んだ野菜と海苔、それに卵が入っている。弱った体に優しい味わいが染みた。

朱里は母を思い出していた。幼い頃、風邪を引いたときはこうして献身的に介抱してくれたものだった。

「……なんだか子供に戻った気分」

「弱っている時は、誰だって子供のように甘えていいんです。小さい頃は若様だって涼介だって、風邪を引いた時は私がお世話してたんですから」

えっへんと胸を張るそらに、朱里は尋ねた。

「あの二人も……。ええと、そらさんは」

「はい、私と若様と涼介は幼い頃からずっとここで育ったんです。家族同然……と言ったら若様に失礼ですね……そう、幼馴染なんです」

道理で、あの七五三野をいとも簡単にやり込めるはずだ。

「だから若様がご婚約だなんて、私、本当に嬉しくて。昔から色恋沙汰とは無縁のお方だったんです。なんでも幼少のみぎりに出会った女の子が忘れられないらしくて」

朱里は目を丸くした。確かに硬派には見えるが、初恋の相手を未だに想っているとは。

「若様は『寒緋桜の君』と密かに呼んでいるそうですよ。若様らしく甘酸っぱいというか……打ち明け話をされた時には、私までどきどきしちゃいました」

　寒緋桜と聞いて、朱里の記憶の蓋が一瞬開きかけた。自分も幼い頃、どこかで寒緋桜を見た気がする。けれど蓋はすぐに閉じ、それ以上のことは思い出せなかった。

「いいのかしら。想い人がいるのに、婚約なんて」

　もちろん巷の結婚はほとんどが親の決めた相手とする。ましてや清司郎とは利害が一致しただけの関係だ。清司郎の利とやらはまだ分からないが——。

「想い人と言っても、一度会ったきりの方だそうです。きっともう会うこともないだろう、と若様自身もおっしゃってました。だから若様が朱里さまに求婚された時は、それはもうびっくりしたんです。でも若様もやっと吹っ切れて、こんな素敵な方を見つけられたんだと思うと、感無量です」

　無邪気に喜ぶそらを前に、朱里は口を噤んだ。

　——俺を骨の髄まで利用すればいい。

　そう朱里に吹き込んだのは、他でもない清司郎自身だ。言われなくとも、朱里もそのつもりでいる。

　そして彼は彼で、別の思惑があるはずだ。でないと、わざわざ敵対している紅蓮野の娘に婚約を持ちかけるわけもない。

　朱里と清司郎は何も愛し合っているわけではない。むしろ愛とはほど遠い場所にいる。

だが頰に両手を当てて、喜色満面を浮かべているそらに、真実を告げられるわけもない。

「朱里さま、どうぞ若様をよろしくお願いいたしますね」

朱里は曖昧な表情で、小さく頷くしかなかった。


朱里が青梅家本邸に住まうようになって、早、五日が経った。

窓辺に差す朝日はまだ弱々しい。空は藍と白が入り交じり、夜の余韻を残している。寝台から身を起こした朱里は、身支度を整えはじめた。

五日のうち、昨日まではずっと洋間に引きこもっていた。幻影男爵に負わされた怪我は、解呪と薬のおかげもあり、ほぼ完治していたのだが――。

『朱里さま、駄目です。まだ寝てなくっちゃ！』

と、そらに言い含められて、大人しく世話されていた。

だがさすがに医者のお墨付きをもらえば、そらも朱里の快癒を認めざるを得なかったらしい。それが昨晩のことである。

そして今朝、晴れて朱里は自由の身となった。

これでやっと幻影男爵を捜索できると思うと、いっそう晴れ晴れする。

身支度を終えた朱里は、部屋の窓を開けた。

早朝の澄んだ空気が心地よい。深く呼吸をして、目を閉じると、聴覚が鋭敏になる。

静寂に包まれた庭から、何かが風を切る音がするのに気づく。

朱里は気になって窓から顔を覗かせた。こちらは使用人が水仕事や洗濯にいそしむ裏庭だ。朝が早い使用人の誰かだろうか、と思っていると、予想外の光景を見た。

清司郎が袴姿で竹刀を振っていた。鋭く振り下ろされる剣尖《けんせん》が暁暗《ぎょうあん》を切り裂く。飛び散る汗がきらきらと朝の陽光を弾いていた。

朱里はしばし清司郎の稽古に目を奪われていた。剣士の姿は何度か見たことはあるが、これほど力強い剣筋は知らない。

どれくらいそうしていただろう。やおら剣が止まった。竹刀を納め、息を整える清司郎を見て、はっと我に返る。

この五日間、ほとんど清司郎に会っていなかった。朱里が床に臥《ふ》せっていたのと、清司郎が軍の任務で本邸を留守にしていたからだ。顔を合わせたくなかった朱里はとっさに窓を下げる。しかし慌てていたため、大きな物音を響かせてしまった。

「――ッ、誰だ！」

鋭い誰何の声に、朱里は思わず窓掛け《カーテン》を閉める。清司郎は窓辺まで来ると、油断なく周囲を探り始めた。

「ここは朱里さんの……。誰かいるのか、出てこい！」

どうやら曲者が紛れ込んだと危惧しているらしい。このままにしておいては騒ぎになってしまう。朱里は腹を決めて、恐る恐る窓掛けを開けた。

「朱里さん？」

清司郎は毒気を抜かれたように目を丸くしている。朱里は僅かに開いた窓掛けからおずおずと顔を覗かせた。

「さっきの物音は……私です」

「あ、あぁ、そうでしたか……。その……大声を出して申し訳ありませんでした」

「いいえ……」

久方ぶりに顔を合わせるためか、どちらも口調がぎこちなかった。ずっと硝子越しに話していても仕方ない。さっさと切り上げよう。

「では、失礼いたします……」

「あっ……待ってください」

清司郎に呼び止められ、朱里は閉じかけた窓掛けを手で押さえた。聞こえなかった振りをしても良かったのに、反射的に応じてしまったのだ。

先ほどの凜々しい剣士はどこへやら、清司郎はうろうろと左右に視線を彷徨わせている。

「今日は非番でして。朱里さんの体調も戻られたということなので、よければ朝餉を共にしませんか」

「……何故です？」

「その……父が疑っています。本当に結婚するつもりがあるのかと」

朱里は弾かれたように目を上げた。当主の朔太郎は婚約を許したが、手放しに喜んでいるわけでもない。出て行けと言われればそれまでである。青梅家の内情を探り、幻影男爵の尻尾を摑むまで、本邸を追われるわけにはいかない。朱里は不承不承頷いた。

「……承知しました、伺います」

「ありがとうございます。では後ほど」

清司郎はどこか決まりが悪そうに、短く会釈し、さっと踵を返した。窓から窺うと、濃紺の袴姿が母屋の方に消えていく。朱里は深い溜息をついて、今度こそ窓掛けを閉めた。


青梅家の離れには食堂がある。

格子戸から差し込む光が、室内を照らしている。十五畳ほどの広さの洋間には臙脂色の絨毯が敷かれていた。天井は白漆喰《しっくい》、壁は灰墨を混ぜた鼠漆喰で、色の対比が美しい。

「朱里さん、どうぞお掛けになってください」

清司郎に促されるがまま、朱里は椅子に腰掛ける。椅子は座り心地が良く、目の前の大きな食卓は広々としている。食卓を挟んで向こうには清司郎が座った。朱里はどこを見て良いか分からず、天井を眺めた。照明に繊細な細工が施されている。

「あれは叔父が買い付けた舶来品だそうです。ロココ調のシャンデリアだとか」

離れの洋館はほとんど叔父の趣味で、暖炉にはマジョリカタイルという英吉利《イギリス》から買いつけた美しいタイルが貼られているらしい。

「若様、朱里さま、お待たせいたしました。朝ご飯ですよ～！」

朗らかな声と共に、そらが入室する。白飯に味噌汁、焼き魚に香の物といった献立だった。朝から豪勢ではあるが、瀟洒な洋館には似合わない。

「洋食ではないのね……」

思わず呟いてからはっとする。清司郎とそらが朱里に注目していた。

「朱里さんは洋食がお好みですか？」

「え、いえ、そういうわけでは……」

「じゃあ、若様、次の朝餉は料理長さんにお願いしてオムレツを作ってもらいましょうか！」

「えっと」

「それはいいな、彼のオムレツは絶品だから」

「ですよね。そうだ、馬鈴薯《ばれいしょ》のスープも作ってもらいましょう。あと関口町《せきぐちちょう》でパンを買ってこなくっちゃ」

清司郎とそらが勝手に盛りあがっているのに、朱里はいささかたじろいだ。本人は是も否も答えていないのに、ぽんぽんと話が転がっていく。

唐突にパンパンと手を打つ音がした。食堂の扉付近にいつの間にか七五三野が立っている。

「はいはい、お喋りはそこまで。冷めないうちに食べてくださいね」

清司郎は我に返ったように「いただきます」と手を合わせる。朱里もそれにならい、次いで箸をとった。

白米はつやつやとしていて、粒が立っていた。家では雑穀を混ぜていたので、真っ白な飯に驚く。一口食べると、柔らかく、舌触りが雑穀よりも格段に良かった。そして噛めば噛むほどに甘い。春らしい菜の花の香の物ともよく合う。

味噌汁にはえんどう豆と豆腐とわかめが入っていた。味噌と出汁の風味が豊かで美味しい。具だくさんで食べ応えもある。

焼き魚は鯵《あじ》だ。旬の鯵は丸々としていて、身がたっぷりついている。塩加減も丁度良く、実に美味である。

療養中はほとんど粥か雑炊しか食べていなかったので、朱里は箸を止める間もなく、朝餉を食べる。

途中、清司郎に見つめられているのに気づいた。

「美味いですか？」

その優しげな眼差しに、浅草の一膳飯屋での食事を思い出した。

けれど朱里は静かに目を伏せる。

……馬鹿だ、自分は。何を浮かれていたのだろう。

朱里と清司郎の関係性は、あの時とは違う。何もかも。

「ええ」

かろうじてそれだけを答えると、清司郎が曖昧な笑みを返してくる。するとそらが心配そうに二人を見比べて言った。

「朱里さま、朝餉がお口に合いませんでした？　それともまだお加減がよろしくないとか」

「いえ、そうじゃないの。大丈夫よ」

そらに今の複雑な心境をどう説明すればいいか分からず、言葉を濁す。

朱里の心を知ってか知らでか、そらはさっと話題を変えた。

「そうだ、朱里さま。林檎はお好きですか？　とっても美味しいものがあるんです。お砂糖をかけなくたってすごく甘いんですから」

水菓子《くだもの》も紅蓮野の家では滅多に口にすることがなかった高級品だ。今は林檎のことを考える気になれなかったが、朱里はそらに話を合わせる。

「そんなに美味しいの？」

「ええ、もちろん！　あ、そのままでもいいですけど、フルーツポンチみたいにするのもいいですね！」

話には聞いたことがある。日本橋《にほんばし》にあるフルーツパーラーの看板メニュウだそうだ。

「私、一度だけお休みに食べに行ったことがあるんですけど、水菓子もさることながら、あのしゅわしゅわでぱちぱちなシロップがすっごく美味しくて」

「しゅ……しゅわしゅわ？　ぱちぱち？」

朱里が目を白黒させていると、清司郎が口を挟んだ。

「炭酸水のことでしょう。平野水《ひらのすい》とかシャンペンサイダーとか」

「はあ」

朱里はフルーツポンチはおろか、炭酸水も口にしたことがない。口の中がしゅわしゅわしてぱちぱちするとは、どういうことなのだろう。味は辛いのか、酸っぱいのか……。

「ハイカラな食べ物だったなぁ……。ね、涼介」

「美味かったかぁ？　舌が痺れて、味なんかわかんなかったけどな」

どうやらそらは七五三野と一緒にパーラーへ行ったらしい。当時のことを思い出したのか、顔を顰めている七五三野を横目に、清司郎が苦笑する。

「朱里さんもあまり得意ではないのですか、炭酸水が」

「いえ……。その、飲んだことがなくて」

「「えっ？」」

清司郎とそらが示し合わせたように目を丸くした。女学生、しかも華族の子女ともなれば、一度はフルーツポンチや炭酸水を口にしているのが普通なのだろう。

肩身の狭い思いをしていると、清司郎が遠慮がちに口を開いた。

「朱里さん。実は今日、これから――」

「そうだ、若様！　朱里さまとデヱトしましょう！」

「え？」

そらが藪から棒にそんなことを言い出したので、朱里と清司郎はそろって鳩が豆鉄砲を食ったような顔になる。しかしそらは止まらない。

「ほら、今日はちょうど来週の夜会に着ていく燕尾服が出来上がる日でしょう？　ということは、日本橋の洋服店に行かれるじゃないですか。ついでにフルーツポンチをお二人で召し上がってきてはいかがです、若様？」

「待て、待ってくれ、そら。今、俺が言――」

「あとは百貨店《デパート》で反物を頼んだり、小物を見繕ったり。あ、朱里さまの日傘を買って差し上げてください。レースもいいですけど、友禅や刺繍のものもお似合いだと思います。傘の手元は螺鈿《らでん》とか彫刻とか華やかなものがいいです、絶対！」

「そら、落ち着……」

「帰りには、夜景をご覧になりながら、二人は寄り添い、手を取り合って……。ああ、これぞまさにデヱト……素敵……！」

天井を見上げるそらの瞳には満天の星が輝いている。朱里は逆巻く怒濤に押し流されるが如く、何も口を挟めない。清司郎は何故か俯き、卓に拳を叩きつけていた。

「……くそ、俺は、なんて――この、意気地無しの腑抜け者っ……」

一体、何をそんなに悔しがっているのだろう。色々とついていけない状況に待ったをかけたのは七五三野だった。

「そら。若も暇じゃないんだ。あと、付き合わされる護衛の俺の身にもなってくれよ」

「涼介、陰からお守りするのはいいけど、お二人の邪魔をしたら駄目だからね」

「話を聞けっ。なんでお嬢さんを連れて行く前提なんだよ！」

「だってフルーツパーラーで百貨店だもん。デヱトだもん！　ですよね、若様？」

駄々っ子のように反論した後、そらはうるうるした目で清司郎を見つめた。清司郎はこほんと咳払いすると、居住まいを正し、真正面から朱里を見つめてくる。

「その、全てそらが言ってしまったのですが。よければ一緒に日本橋へ行きませんか」

「若、あのねぇ……」

七五三野が頭痛を堪えるようにこめかみを押さえる。彼としては朱里のような危険人物と自分の主人を外出させるわけにはいかないのだろう。清司郎は七五三野に気遣わしげな顔をしながらも、朱里に向かって続けた。

「朱里さんも着の身着のままうちへ来てしまって、何かとご入り用でしょう。日本橋でなら大体のものは揃いますから」

「それは……そうでしょうが」

先ほどから困惑しきりだ。この状況はなんだろう。憎き青梅家の嫡男と日本橋で……デヱト？　それだけ聞いたら冗談ではないと突っぱねるところだが——未だ見ぬ華やかな日本橋の風景とフルーツポンチが心をぐらぐらと揺さぶってくる。自分はこんなに即物的だったのか、とおおいに幻滅した。

そこへ清司郎が追い打ちをかける。

「一緒に出かけたとなれば、父も婚約の意志を疑いはしないでしょう」

確かに先日、挨拶に出向いた時、当主は拒否こそしなかったが、婚約にあまりいい顔はしていなかった。

朱里には使命がある。青梅家の内情を探り、父を助け、母の仇を見つけるという使命が。そのためには当主に、自分と清司郎の結婚に現実味があるのだと念押しする必要がある。だから……これは必要な行動なのだ。

「わかり……ました」

朱里が頷くと、そらが「きゃあ！」と声を上げた。七五三野の溜息はそらの歓声にほとんどかき消されるのだった。


時計の針は進み、時刻は昼を過ぎていた。

朱里は――とある理由で少々ぐったりとしつつ、離れから母屋へと向かっていた。隣には意気軒昂《いきけんこう》なそらがついている。

「久しぶりに腕を振るいました。もう完っ璧です、朱里さま！」

ほくほくとしているその表情に、朱里は疲労感の隠せない笑みを返す。ゆうに一時間はああでもないこうでもない、と『デヱト』に向けて、世話されていたからだ。

渡り廊下を進み、母屋に入ると、たくさんの使用人とすれ違った。皆、朱里とその恰好を見て瞠目したが、慇懃に礼をしたり、道を譲ったりする。朱里が紅蓮野家の娘だということは伝わっているとは思うが、さすがに礼儀を弁えているらしい。

少し対応が違うのは、使用人に紛れて行き交う袴姿の男達だった。まるで申し合わせたかの如く、朱里にただならぬ一瞥をくれる。彼らは老いも若きも様々だったが、気配が只人のそれとは異なった。おそらくは退魔士、それも妖魔の血が入っている者だろう。

朱里は敵意を撥ね付けるように、こちらからも彼らをつぶさに見定めた。

——この中に、幻影男爵がいるかもしれない。

自然、眼光が鋭くなる。すると大抵の者は朱里の気迫に負けて、目を逸らした。

「朱里さま。青梅の皆さんは、その……」

さしものそらも剣呑な雰囲気に気づいたのだろう。朱里はふっと息を吐き、ゆるゆると首を横に振った。

「そらさんは気にしないで。私も気にしていないから」

「はい……。あっ、朱里さま。若様がお待ちですよ。おーい！」

そらが大きく手を振る。朱里もつられてそちらに視線を向けた。

黒塗りの車の傍らに、清司郎が立っている。

外出着だろう、有馬柄の大島紬で着物と羽織を揃えて着ていた。竹炭染の藍がかった黒色が、清司郎の端整な顔立ちや上背のある体軀によく似合っていた。中折れ帽も傷一つない上等なものだ。

そんな完璧な佇まいの清司郎はしかし、朱里が近づくにつれて目を見開いていった。そんなに凝視されると、いたたまれなくなる。

「朱里さん、その恰好は……」

俯いて何も言わない朱里の代わりに、そらが朗らかに答えた。

「はいっ、せっかくのデヱトですので洋服をお召しいただきました！」

この「せっかく」が全て悪いのだ、と朱里は密かに嘆息した。

白地に水色の太い縦線が入っているワンピースは、足元がすうすうして心許ない。洋靴は踵が高くて、今にも転びそうだ。髪はそのまま下ろしてある。頭にはボンネットと呼ばれる丸みを帯びた帽子を被っており、手には西洋風手提げ袋《ハンドバッグ》を持っている。まるでモダンガールの真似事をしているようで恥ずかしいことこの上ない。

顔には化粧までしていた。おしろいを肌にはたき、紅は口や頬はもちろん、耳朶にまで及んでいる。さながら風呂上がりのような顔が、清司郎にまじまじと見つめられることでさらに赤らんでいく。

「あらら、これはまた……」

運転席の七五三野までもが興味深げに窓から覗き込んでくる。

似合わないことは分かっているが、そんな好奇の目で見なくともいいではないか。朱里はひたすら恥辱に耐え忍ぶ。

「んもう、若様。何か仰ることはないんですか？」

そらが頬を膨らませる。途端、清司郎ははっと息を呑んだ。

「あ、あぁ……。朱里さん、とてもお似合いです。驚いて言葉がすぐ出ず、すみません」

「……お世辞は結構です」

「本心です。『夏の夜の夢』からティターニアがそのまま出てきたのかと」

「は、はぁ？」

真面目くさった顔で清司郎がそんなことを言うので、朱里は思わず素《す》っ頓狂《とんきょう》な声を上げてしまった。そしてここでも沙翁の戯曲になぞらえられるのか、と辟易する。胡乱な眼差しで清司郎を見やるが、彼はあくまでも純真に朱里を見つめ返してくる。本気で自分を妖精にたとえたのか、と思い当たれば、またじわじわと顔が熱くなっていった。

「も、もう参りましょう。時間が惜しいです」

「ええ」

清司郎は当然のように朱里へ手を差し出す。仇敵の手を借りるなどまっぴらごめんだったが、車に乗り慣れていない朱里は仕方なく、その無骨な手を取った。


車はやはり速い。風景がものすごい速度で窓の外を流れていく。

途中で幾度か風景が不自然にぐにゃりと歪み、進行方向が変わるのを見た。おそらく青梅家が施している結界を通ったのだろう。

気がつくと車は霞《かすみ》が関《せき》の周辺を走っていた。

数年前に着工した国会議事堂の工事現場を通り過ぎる。するとすぐ桜田門《さくらだもん》が見えてきた。

宮城の濠に沿って、車は進んでいく。

宮城を眺めていると、清司郎がやにわに呟いた。

「……懐かしいですね」

「宮城が、ですか？　貴方なら、今も定期的に御上に拝謁されているのでしょう？」

「ええ、それはそうですが」

朱里は幼い頃に父に連れられて、一度宮城に上ったきりだ。かつては退魔士が集う『清庭の会』という会合があったのだが、それも廃止されて久しい。

しかし青梅家嫡男ともあれば、当主と共に何度も御上に召喚されているのだろう。軍属であり、ゆくゆくは青梅の後継者ともなれば尚更だ。

それを『懐かしい』とはどういうことだろう？　朱里が怪訝に思っていると、清司郎はふっと口元に自嘲を浮かべた。

「いえ、なんでもありません。失礼しました」

車は宮城の外濠をぐるりと回る。しばらくすると、真新しい石造りの橋が見えてきた。

朱里ははっと目を瞬かせた。

——これが日本橋。

なんと大きな橋だろう。広い川の上でゆるやかなアーチを描く橋には、多くの人々が往来している。青銅製の照明灯の足下には麒麟《きりん》や獅子を象った見事な像があった。華美な装飾は西洋風だが、その中に一里塚として使われていた松の意匠なども施されており、古き良き伝統と新しい風潮を折衷した、洗練された造形である。

車を降りたのは日本橋の袂のすぐ近くだった。

荘厳な日本橋と青い春の空が、実に鮮やかな対比で朱里に迫る。

川沿いに赤い煉瓦造りの立派なビルヂングが建っている。その向こうには鉄筋五階建ての百貨店が見える。どれも西洋の神殿もかくやという佇まいだ。他にも背の高い建物が多く、街に囲い込まれているような錯覚に陥る。

すぐそばで市電が止まった。降りてくる人の波に踏鞴《たたら》を踏んだところを、清司郎に受け止められる。

「大丈夫ですか?」

これだけの街を目の前にしながら、どうして澄ましていられるのか。歯がゆさに身を焦がしながら、朱里は頷いて、さっと清司郎から距離を取った。

「若。悪いですが、俺は自分の仕事をきっちりさせてもらいますよ」

運転席から出てきた七五三野が、朱里達を横目に言って寄越す。七五三野は清司郎の返答を待たず、八咫烏の姿となって舞い上がり、建物の陰へと消えていく。きっと清司郎の護衛と朱里の監視をするのだろう。清司郎は軽く嘆息した。

「申し訳ありません。ずっと涼介が失礼な態度を取ってしまい。あいつは立場上、ああいう風にしか振る舞えないのです」

「気にしていません。何せ私は紅蓮野家の娘なのですから。七五三野さまは己の任務を遂行しているだけでしょう。むしろあれが普通では?」

七五三野の言動には多分に棘を感じる。が、紅蓮野と青梅の確執を考えれば当然のことだ。やけに気を遣う清司郎や献身的なそらの方が、朱里にとってはやりにくいほどである。

清司郎は数度目を瞬かせた後、僅かに頬を緩めた。

「そうですね。涼介には感謝しています。それと、俺の大事な友人を守ってくださった貴女にも」

不意に微笑まれ、朱里は数度瞬きをする。

「守った、とは？」

「神楽坂で幻影男爵に襲われた時、貴女は涼介を庇ってくださいました。涼介自身、何も言いませんが感謝はしているはずです」

当時は必死だったので忘れていたが、確かに朱里はあの八咫烏に覆い被さっていた。しかし今更礼を言われても、どんな顔をしたら良いか分からない。

「あれは考えなしの行動でした。意味なんてありません。お礼を言われる筋合いも」

つっけんどんに返すが、清司郎は変わらず柔らかな眼差しを向けてくる。朱里は唇を尖らせて、先を促した。

「……いつまで立ち話をするおつもりですか。早く用事を済ませたらいかがです」

「それもそうですね。行きましょう」

日本橋の雑踏の中を行く。踵の高い洋靴では足取りがおぼつかない。朱里は蝸牛《かぎゅう》の歩みであったが、清司郎は何も言わず歩調を合わせていた。

幸いにも洋服店へは、ほどなく辿り着いた。銀座に本店を構える洋服店の支店のようだ。

繁盛しているのか、煉瓦造りの立派な門構えである。

「ようこそお越しくださいました、葵さま」

洋装の中年男性が、にこやかに清司郎を出迎えた。清司郎は帽子を脱ぎ、挨拶をする。

「店主。ご無沙汰しております」

「滅相もございません。こちらこそ——おや、そちらの美しいご婦人は？」

店主の視線が朱里に向く。清司郎はやや口ごもった。

「その……婚約者です」

「なんと。それはそれはおめでとうございます」

店主は顔をほころばせ、祝辞を述べる。朱里はいかにもご令嬢という風に、しずしずと頭を下げた。本当のところは何も言えなかっただけだが。

促され、店内に入る。つやつやとした木製の棚に、所狭しと生地が並んでいる。床は幾何学模様のタイル張りで、鏡の如く磨かれていた。

注文した服は出来上がっているので、清司郎は寸法を確認するべく奥の部屋へと引っ込んでいった。

残された朱里は物珍しげに周囲を見回す。店内は洋服の布地独特の匂いに満ちている。父も確か一着だけ洋服を持っていたな、とそんなことを思い出す。

柱にかかっていた振り子時計がぼぉんと鳴る。

「奥様、いかがです？」

店主に声をかけられ、しかし朱里は自分が呼ばれていると気づかなかった。もう一度「奥様」と呼ばれ、はたと気づく。そうだ、自分は清司郎の婚約者と紹介されていたのだ。

慌てて振り返ると、そこには——。

「どうです、よくお似合いでしょう？」

誇らしげな笑みを浮かべる店主、それと——洋装の清司郎が立っていた。

朱里はしばし言葉を失った。

清司郎は光沢のある燕尾服を身に纏っていた。日本人が着ると見劣りしてしまうことも多いが、背の高い清司郎には厭味なほど似合っている。髪まで軽く整髪料で撫でつけてあった。それだけで先ほどとはまるで別人のようである。

ぽかんと薄く唇を開く朱里を見て、清司郎はばつが悪そうに俯いた。

「そろそろ着替えます。丈が合っていることは確認しましたので」

「せっかくですから、奥様のご感想も拝聴いたしましょうよ」

引っ込みたがっている清司郎を店主が引き留めた。

そこで朱里ははたと気づく。ここは婚約者らしい振る舞いをしなければ。店主やお目付役の七五三野から、妙なことを朔太郎に吹き込まれたら事だ。

朱里はぐるぐると考えを巡らせながら、やっとのことで言った。

「その……お、お似合い、です。清司郎さま……」

すでにこちらへ背を向けていた清司郎が弾かれたように振り返った。しかし朱里の困惑顔を見て、どこか――寂しげに答える。

「……ありがとうございます」

今度こそ清司郎は着替えに戻った。朱里は洋服店の高い天井を見上げ、肺腑の空気を全て吐き出した。

洋服店を後にすると、日本橋の喧噪が戻ってくる。車や人の往来、市電の走行音――。それらが入り交じった空気を吸うと、少し気分が晴れた。

「お疲れではないですか？」

元の恰好に戻った清司郎が問うてくる。髪は梳かしたらしいが、整髪料が少し残っていて、額の一部が露わになっている。そんな些末な変化が気になり、どうしてもちらちらと清司郎の顔を見てしまう。

「大丈夫です、この程度……」

「ならば良いのですが。無理はなさらないでください」

「無理などしていません。さぁ、次はどこへ行くのですか」

挑むように尋ねると、清司郎は道の向こうにある大きな建物を指差した。

「では百貨店に参りましょうか」

「百貨店……」

先ほど橋から見えていた、一等大きな建築物を眺める。先んじて歩きだした清司郎についていくと、その偉容は現実のものとなる。

白亜の煉瓦で造られた外壁が、地上五階分にも及んでいる。豪奢な柱が何本もあり、中央に入り口があった。左右には体を横たえる獅子の像。昼間だというのに電灯によって輝く出入り口に、人々が吸い込まれていく。

清司郎も多分に漏れず、我が家のように中へ入ろうとする。あまりの心細さに「待ってください」と清司郎の袂を摑みそうになって——なんとか堪えた。平気だ、百貨店くらい朱里とて話くらいは聞いたことがあるし、チラシだって見たことがある。だから、大丈夫だ。

意を決した朱里は、店内へ足を踏み入れる。

「……！」

瞬間、太陽を間近で見たかのように、目がくらくらとした。

磨き抜かれた大理石の床、左右に延びる大階段、その奥には階段や廊下が幾重にも交差している。まるで迷宮のような内装を、無数の電飾が照らし出していた。

背広姿の男性店員や、制服姿の女性店員が忙しなく行き交っている。商品はところせましと硝子の棚に収められており、客達はあれでもないこれでもないと相談し合っていた。

本当にここは我が国なのかと疑うほどの別世界だ。朱里はきょろきょろと辺りを見回すのに必死である。

「朱里さん、百貨店は人も多ければ中も広いです。気をつけてください」

「は、はい……」

「入り用なのは洋傘でしたね。定《さだ》めし、こちらだったかと」

清司郎が歩き出した方向を朱里は見た。手すりのある長い階段があり、人々はその上に乗る。すると、なんと――。

「勝手に階段が動いている……」

「あれはエスカレータというものです。段に乗れば、上の階へ運んでくれるのですよ」

そうしておもむろにエスカレータの方へ進みだそうとする清司郎の袂を、朱里は今度こそ摑んだ。

「ま、待ってください。運賃がいるのでは？　切符を買わなければ……」

「心配無用です、無料で乗せてくれます」

そうなのかと安心したのも束の間、朱里は機械仕掛けの階段を前に青ざめた。勝手に動く階段にどう乗ればいいのか分からず、足が動かない。すると、手すりのそばに立っていた男性の店員が清司郎に声をかけた。

「旦那様、お手を貸して差し上げては？」

「え？」

清司郎が一瞬、きょとんとする。が、凍り付いている朱里を見て、困ったようにこめかみを掻いた。

「すみません、気が回らず……。階段で行きましょうか」

「いいえっ」

朱里は憎い相手でも睨むような目つきでエスカレータを睨んだ。

「乗れます。清司郎さま、手をお貸しください」

ずいっと手を差し出すと、店員が「おや」と笑みを浮かべる。

清司郎は僅かに戸惑っていたが、朱里の言うとおりにした。

「承知しました。呼吸を合わせて行きますよ、せえの」

手がくいっと引っ張られて、朱里はどうにか動く階段に乗った。ごうんごうんと音を立てて動くエスカレータは、車よりも怖い乗り物だった。眼下の正面玄関の床が見る間に遠ざかっていく。ここで足を踏み外したらどうなるのだろう。普通の階段ではそんな心配などしたことがないのに、今は恐怖が頭を過る。

「朱里さん、横の手すりを持っ——」

「なっ！　て、手を離さないでください。落ちたらどうするのですっ」

「大丈夫です、足がついていれば落ちませんから」

「やっ、いやです、離さないで……！」

朱里はいつの間にかぎゅうっと清司郎の手に両手で縋り付いていた。清司郎は最初こそ体を強張らせていたが、結局朱里の陳情を受け入れ、されるがままになっていた。

そしてエスカレータを降りてから気づく。清司郎は後ろを向いたまま、ずっと朱里の手を握っていたらしい。周囲のご婦人達がくすくすと笑っているのを聞いて、朱里は顔はおろか首まで真っ赤になっているのを自覚した。

「あ、暑いです……」

「暖房が効いていますからね……」

清司郎も懐から扇子を取り出して、朱里の方に風を送った。涼を得て気分が落ち着くと、今度は自分の頓痴気な行動に清司郎を巻き込んでしまったと思い当たる。

彼は紅蓮野家の敵だ。けれど礼儀は尽くさなければならない。

「……申し訳ありません。私のせいで貴方にも恥を掻かせてしまって」

蚊の鳴くような声で言うと、一時、扇子の動きが止まった。恐る恐る視線を送ると、清司郎は柔和な笑みを浮かべていた。

「気にしないでください。俺の配慮が足りなかったのですから。さぁ、行きましょう」

扇子をしまい、清司郎は「こちらです」と朱里を促した。途轍もなく気を遣われていたと気づき、朱里はとぼとぼと彼の背についていった。


洋傘の売り場は大盛況だった。春になり、日差しが強くなっているせいだろうか。若い女性がこぞって洋傘を買い求めている。

清司郎は奥に控えていた背広姿の男性店員を呼んだ。

「すみません、葵と申しますが」

「葵さま。ようこそいらっしゃいました」

そう言うなり、中年の男性店員は矢の速さで飛んできた。清司郎は会釈をする。

「いつも叔父がお世話になっております」

「滅相もございません。本日はお買い物ですか？　でしたら少々お待ちください」

あれよあれよという間に、清司郎の前には背広の男性が幾人も並んだ。それから店の奥にある一室へ通される。

そこは広い部屋だった。洋間かと思いきや、一部畳敷きの小上がりがあり、衣桁《いこう》や桐箪笥が置いてある。

「本日はご足労いただきありがとうございます」

上役だろうか、年嵩の店員が低頭する。清司郎は洋服店でそうしたように、朱里を婚約者だと紹介した。

「今日は彼女の服や小物を見立ててもらおうかと思っております」

「左様でございましたか。この度はご婚約、大変おめでとうございます。早速、品を用意させていただきますので、心ゆくまでご覧ください」

奥の扉から女性店員達が台車を押してやってくる。台車には店頭に出ているものとは一線を画する、高価そうな品々が並べられていた。

「まずは洋傘をご所望でいらっしゃいますね」

卓の上に並べられた洋傘の数に目眩がする。生地はレースから友禅まで、色も白や赤、模様も形も様々だ。完全に及び腰でいると、若い女性店員がさりげなく勧めてきた。

「こちらはいかがでしょうか。モダンな友禅染めに螺鈿の柄で、奥様にお似合いかと」

朱里はおずおずとそれを手に取る。傘を開くと照明の光が柔らかくなった。

薔薇文様が描かれた薄紫の生地が頭上に広がっている。よく見ると、手元の柄にも螺鈿細工の薔薇が咲いている。自然、花を見つめる母の眼差しが目に浮かぶ。

「素敵……」

その様子を見ていた清司郎が屈託のない声で言った。

「とてもお似合いです、朱里さん。――こちらを一ついただけますか？」

「かしこまりました」

「えっ、あの……」

朱里はさあっと青ざめた。まだ値段を見ていない。しかしよく見るとこちらにある商品には正札がつけられていなかった。……正直、知るのが恐ろしい。

その後も反物、洋服、ショールに鞄、と実に様々な品物が出てきた。どれもこれも朱里にとっては目新しく、手に取るだけで心が弾む。清司郎は朱里が気に入るや否や、購入を即断してしまう。朱里もなんだか感覚が麻痺してきた頃、店員が宝石類を出してきた。

「あ……」

色とりどりの光を放つ宝飾品を目の前にして、朱里はやっと我に返った。

もちろん安価な合成宝石などではないだろう。無色透明のダイヤモンドに、丸くつややかな真珠、漆黒のオニキス、深い海のような翡翠《ひすい》――。どれも大粒で、濁りや不純物もまったく見当たらない。

「こちらなどいかがでしょう。ルビーを使用した愛らしい菊爪のものです」

店員が朱里の手を取り、薬指にその指輪をはめた。大粒のルビーの周囲をぐるりと小粒のダイヤモンドが囲んでいる。さしずめ、指に嵌める花のようだ。指輪の輝きが目映く、朱里は目眩を覚えた。

「あ、あの……もうたくさん見せていただきましたし、この辺で……」

「あら、左様でございますか」

店員は朱里を奥ゆかしいと評価したらしい。朱里にしてみれば今まで購入したものだけで、十分に贅沢だと思うのだが。

するとと今まで朱里の買い物を見守るだけだった清司郎が進みでた。

「では私の時計を見繕ってもらえませんか。古い懐中時計しかないもので」

「かしこまりました。最近流行の腕時計はいかがでしょう、とても便利ですよ」

応じたのは筆頭らしき男性店員だった。宝飾品の台が引かれると共に、清司郎が部屋の奥の方へ連れて行かれる。朱里はやっと人心地がついて、胸を撫で下ろした。

百貨店を出る頃には大分日が傾いていた。見ると太陽は建物の向こうに隠れようとしている。それだけ背の高いビルヂングが多いのだ。

「すみません、ついあれこれと……」

清司郎が眉を下げて言う。

購入した品物は後日、青梅家本邸に届くらしい。どっさり送られてくる着物や装飾品を想像し、朱里は肩を縮こまらせた。

「あの……困ります。私、あのような高価なもの、購《あがな》えません」

怒濤の勢いで店員が勧め、清司郎が買うので、止める隙がなかった。ちゃんと固辞すれば良かったと今更ながら後悔する。

しかし清司郎は控えめに苦笑した。

「あれらは俺が好きで買ったものです。差し上げます」

「だからそれが困るんです」

「では俺のものをお貸しする、という形でどうですか？」

「殿方が振袖や櫛をお持ちになるというのですか」

「たとえば質屋の旦那だったらたくさん持っているでしょう」

詭弁を弄してまで、清司郎は譲らない。朱里はほとほと呆れ果てた。

「ご自分は何も買わなかったのに……」

彼は結局、腕時計を買わなかった。だが店員はどこかほくほくとしていた。その時、朱里は別の場所で採寸していたので、どんなやりとりがあったかは分からなかった。腕時計ではなく、他の商品を買い求めたのかもしれない。

清司郎は曖昧な笑みを湛えたまま、話題を切り替えた。

「お疲れでしょう。件のフルーツパーラーで休憩していきませんか」

フルーツパーラー。その言葉を聞いた瞬間、疲労がどこかへ吹き飛んだ。しかしすぐ冷静になる。これ以上、清司郎と馴れ合ってはならない。

「私……私は」

足を止め、朱里はその場に立ち尽くした。ワンピースの袖をぎゅっと摑む。今度こそきっぱり断ろうと思った。けれど声が喉につかえて出てこない。

清司郎はそんな朱里の葛藤を察したように――すっと手を伸ばした。

「俺が行きたいのです。今日、最後の我儘《わがまま》だと思って付き合っていただけませんか」

朱里は差し出された手を見た。軍人である清司郎の手は皮が厚い。指は長く、節くれ立っていた。顔は涼しげな美男子なのに、やはり男なのだ。

熟考した挙げ句、朱里はおずおずと清司郎の手を取った。

そういえば父はどんな手をしていただろう、と歩いている間、そんなことを考えた。幼い頃、手を引かれて歩いたことがあるのを朧気に覚えている。けれどもうその感触を思い出せない――。いくら記憶をひっくり返しても、探し物は見つからなかった。

通りを渡り、白木屋百貨店の前に差し掛かったところで、朱里は往来に見慣れた顔を見つけた。

浅黒い肌に、頭一つ高い背丈の少年だ。

どうしてここにと思う間もなく、朱里は清司郎の手を振りほどいた。

「――要！」

声を掛けられた要は朱里を見て、驚きに立ち止まった。青梅家に潜入していることは父から伝え聞いているのだろう。最初こそ偶然の邂逅に狼狽えていたものの、朱里が近づくにつれて、花が咲くような笑みを浮かべる。

「朱里お嬢様……！」

「要、久しぶりね。元気にしていた？」

「ええ、もちろんです。お嬢様もご無事でなによりです」

感慨深そうに要は目尻を緩ませた。当然だが、色々と気苦労を掛けてしまったらしい。

朱里は要の両手を取り、ぎゅっと握り締めた。要の手には井の字のような新しい切り傷があった。あの後も薔薇の手入れをしてくれていたのだろうと思うと、胸が熱くなる。

「日本橋へは買い出しに？　ここまで来るなんて珍しいのね」

「いえ、その……旦那様に用事をいいつけられたもので」

「そうなのね」

日本橋に何の用事があるのかは分からなかった。でもそのおかげで要に再会できたのだ。そうして無邪気に喜んでいた朱里に、要が声をひそめて尋ねた。

「お嬢様、あの方が……？」

朱里は我に返って、肩越しに後ろを振り返った。数歩離れたところで、居心地が悪そうな清司郎がいる。朱里は要の手を離し、慌てて姿勢を正した。

「こちらは……その、葵清司郎さまです。私が今、お世話になっている……」

　要は事情を知っているだろうが、さすがに青梅家の嫡男だとおおっぴらに言うことはできない。清司郎はいささかほっとした様子で、こちらに歩み寄り、要に会釈した。

「はじめまして、葵清司郎と言います」

「……私は要と申します。朱里お嬢様の家で使用人をしております」

　要はやや複雑な表情を浮かべながらも、清司郎に対して深く頭を下げた。当たり前だが、朱里を含めた三者の間に言い知れぬ緊張感が漂う。それを払拭するためか、清司郎は要に手を差し出した。例の握手という異国の慣習だ。

　要は最初こそ面食らったものの、ためらいがちに右手を差し出した。清司郎は固く握手を交わした後、僅かに頭を下げる。

「この度は急なことで、我が家に朱里さんをお引き留めしてすみません。さぞかしご心配なされたでしょう」

「いえ……。怪我をしたお嬢様を介抱してくださったと聞き及んでいます。私からも厚く御礼申し上げます」

　清司郎より身分が低い要は、ひたすら低頭するばかりだ。上辺だけの会話が飛び交うのに、朱里は落ち着かない心地になる。

「お嬢様は、その、これからも……」

　要が朱里を心配そうに見つめてくる。

途端、郷愁の念が膨らむ。このまま何もかも放り出して要と家に帰りたい。けれど朱里にはまだ果たすべきことが残っている。

「……ええ、しばらく清司郎さまの家でお世話になります。お父様をお願いね、要」

「はい……。かしこまりました。葵さま、お嬢様をお願いいたします」

要は辛そうに眉根を寄せている。清司郎はそんな要を見て、つと視線を逸らした。清司郎の唇がぎゅっと歪むのを見て、朱里は目を見開く。その表情が――今にも泣き出しそうだったから。

清司郎がかろうじて「はい」と答えると、要は慇懃に頭を下げ、その場を後にした。雑踏に消えていく要の背中を名残惜しい気持ちで眺めていると、清司郎が小さく呟いた。

「申し訳ありません、朱里さん」

「え……？」

清司郎は右の拳を固く握り締めている。いつもは意志の強そうな瞳が翳《かげ》り、伏し目がちになっていた。

「本当はこのまま彼と共に、貴女を家へ帰して差し上げるべきなのでしょうが……」

まさかそんなことを言われるとは思わず、朱里は口を噤んだ。

何を柔《やわ》なことを、と普段なら一蹴していただろう。

敵同士だと分かっていて、それでも己を利用すればいいと嘯いたのは清司郎自身なのに。

朱里がその誘いに乗らざるを得ないと分かっていながら。

それでも――清司郎は激しく葛藤し、そんな自分を嫌悪している。

何故か、それが感じ取れてしまう。

頭の中がますます混乱を極めた。清司郎の態度に対しても、朱里自身がそれを理解していることに対しても。

どうすればいいというの、と喚き散らせたらどんなに良かったか。だが癇癪を起こすわけにもいかず――ただ訳の分からない感情を振り切りたくて、朱里はさっと踵を返した。

「……連れて行ってくださらないのですか」

「え……？」

「フルーツパーラーです。約束したでしょう？　まさか反故《ほご》になさるおつもりですか」

朱里は肩越しに振り返り、きゅっと唇を尖らせた。

強張っていた清司郎の表情から、硬さが取れていく。彼は面映そうにこめかみを掻いた。

「ええ、そうでした。参りましょう」

こちらです、と清司郎は率先して歩き出した。その足取りは常のように真っ直ぐで淀みない。朱里はどこか安堵する自分に戸惑いながら、彼について行くのだった。

連れられてきたのは水果屋《くだものや》であった。真新しい建物は古代ギリシアの神殿もかくやといった、立派な装飾柱を持つ洋館である。一階は水果屋らしく、店頭に色とりどりのフルーツが並んでいる。目指すフルーツパーラーは二階だ。朱里は清司郎に続いて、階段を上がった。

「いらっしゃいませ」

白いエプロン姿の店員が案内をしてくれる。朱里は物珍しげに店内を見回した。

ゆったりとした空間だった。広々とした卓に、洒落た意匠の椅子。卓と卓の間には大きな葉を持つ植物の鉢植えがあり、客同士の目を遮るようになっている。

窓際の席からは、外がよく見えた。

「ごゆっくりどうぞ」

店員からメニュウを渡された。清司郎が念を押してくる。

「俺の我が儘ですから、お好きなものをお好きなだけどうぞ」

「そんなにたくさん食べられません」

「それもそうですね」

清司郎は屈託のない表情を浮かべている。朱里は逃げるようにメニュウを見た。

アメリカンショートケーキ、フルーツサンド、といった甘味はもちろん、マンゴーカレーにパイナップルカレーといった水果屋ならではの洋食も名を連ねている。目移りしてしまうものの、やはり朱里を惹きつけてやまないのはフルーツポンチだ。

「これが……」

メニュウに載っている絵に見入る。洋酒を入れるような脚の長い杯に、色の付いたシロップがたっぷりと入っている。シロップの中にはフルーツがたくさん浸かっていた。特にこの水果屋の代名詞でもあるメロンに目が行く。名は知っているが、実際に食べたことがない。どんな味なのか分からず、朱里はメニュウからちらりと顔を出し、清司郎に尋ねる。

「メロンは……甘いのですよね？」

「ええ。甘くて美味いですよ」

太鼓判を押され、朱里はそろそろとフルーツポンチの絵を指差した。

「私はこれで……」

「承知しました」

清司郎は慣れた様子で店員を呼び、注文をした。清司郎は珈琲《コーヒー》とショートケーキを頼んでいた。朱里はショートケーキも気になったが、そんなに食べられるほど健啖家《けんたんか》ではない。

衝立代わりのメニュウもなくなり、朱里は清司郎と向かい合うことになる。清司郎は背筋をぴんと伸ばして、浅く椅子に腰掛けている。

今更ながら、この状況が摩訶不思議でならない。不倶戴天《ふぐたいてん》の仲である、紅蓮野家と青梅家の長子同士がこうしてフルーツパーラーで顔を突き合わせているというのが。しかも婚約者だというのだから、他家の退魔士が知れば、皆、引っ繰り返るかもしれない。

だが朱里と清司郎に限っては、偽りの関係である。お互い、拠ん所ない事情を抱えてのことなのだ。

朱里は青梅家の内情を探り、父の役に立つため。そして母の仇を見つけ、討つため。

けれど——。

「……貴方はどうして、ここまでするのですか？」

降り始めの雨のように、朱里はぽつりと漏らした。清司郎がかすかに瞠目する。

「何故、貴方はあのような取引を持ちかけたのです」

未だに見えてこない清司郎の目的が、気になって仕方が無い。取引とは双方に利益があって初めて成り立つものだ。ならば清司郎にとっての益は何なのか。

「俺には……貴女のように明々白々で堂々とした理由などありません。周囲にどう映っているかは分かりませんが、その実、取るに足らない男なのです」

自虐的な物言いとは裏腹に、清司郎は真っ直ぐ朱里を見つめていた。

「ただ、こんな俺にも成さなければならないことがあると思っています。それは——」

「お待たせいたしました」

その時、店員が注文の品を持ってやってきた。目の前に置かれた甘味に、朱里は現金にも感嘆の声を漏らした。

「わ……」

メニュウに載っていた絵の通り、いや、それ以上にフルーツポンチは鮮やかだった。

メロンはもちろん、苺、キウイ、甘夏といった旬の果物が溢れんばかりに盛り付けられている。たゆたうシロップの海では、絶えず小さな炭酸の泡が生まれる。天地を逆さまにした雪空のような光景の中、きらきらと弾けては消えていく。

「込み入った話は後にして、食べましょうか」

清司郎が強張った空気を区切るべく言った。

話の続きが気になるのは山々だが、どうしてもフルーツポンチに意識が持って行かれる。

「……いただきます」

朱里は観念して、スプーンを手に取った。お目当てのメロンを口に運ぶ。

「――っ！」

柔らかい果肉から、たっぷりの果汁が溢れてくる。すっきりとした甘さがなんともいえず上品だ。鼻に抜けていく香りは芳醇で繊細である。

ついでほのかに赤く色づけされたシロップをスプーンで掬う。思い切ってぱくっと口に入れる。瞬間、舌が焼けたかと思った。

「んっ……！」

甘いシロップが舌の上に広がる。ぱちぱちと弾けるのがおそらく炭酸だろう。最初はびっくりしたけれど、シロップの甘さを中和するような爽快感がある。

なんとも刺激的な体験に胸が高鳴る。ふう、と長い息を吐くと、柔和な表情でこちらを見守る清司郎と視線が合った。……見られていたのだろうか、ずっと。

「め、召し上がったらいかがです？」

「ええ」

清司郎は珈琲を飲むだけで、ケーキには手を付けようとしない。朱里は首を傾げつつ、ショートケーキを見つめた。小粒の苺と生クリームが黄色いスポンジを包んでいる。フルーツポンチのように派手ではないが、守ってやりたくなるような愛らしさがある。

「これも食べますか？」

清司郎にショートケーキを皿ごと差し出され、朱里は我に返った。物欲しげに見つめていたのだろうか、と頬が火照る。

「ちが、違います。人をそんな食い意地が張っているかのように言わないでください」

「誤解です。俺は甘い物が苦手なのです」

「では、何故注文なさったのですか」

「フルーツパーラーですので、珈琲だけでは店に失礼かと思いまして」

そんなことはないだろう。事実、別の席の紳士は珈琲のみを頼んでいた。納得がいかない様子の朱里に、清司郎はフォークで苺とクリームを掬ってみせる。

「では一口だけでも手伝ってくださいませんか」

「えっ、あ……」

差し出されたフォークを朱里はなんとなく受け取ってしまう。つやつやと赤い苺とふんわりとした白いクリームの対比が、なんとも魅力的だ。ええい、ままよ、とばかりに口に入れる。

「……っ！」

なめらかな生クリームはあっさりとした味わいで、苺の甘さが引き立つように工夫されている。スポンジのふわふわとした食感がそれらを包み込んでいた。

はっとして清司郎を見ると、やはりにこにことしていた。

「美味いですか？」

「……ええ。ですから清司郎さまも召し上がったほうがいいかと」

無理矢理に声音を低くして、朱里はついっとケーキの皿を清司郎の方へ追いやった。


フルーツパーラーを出るころには完全に日が暮れていた。

朱里は口内に残る甘さを持て余しながら、日本橋の街を眺める。茜色に染まる街並みはどこか幻想めいていた。事実、なんだかふわふわした心持ちだ。百貨店もフルーツパーラーも、まるで夢だったかのように感じてしまう。

清司郎が懐中時計を覗き込んで言った。

「もうこんな時間ですね、涼介を呼びましょうか――。ん？」

やにわに清司郎は中空に手をかざした。鳥を象った式が彼の指先に止まる。その横顔はしばらく式を見つめていたが、やがてぱっと華やいだ。

「朱里さん、朗報です。玉萩花魁の意識が戻ったそうです」

「え……！」

朱里は思わず声を上げた。玉萩花魁は陸軍の病院に運ばれて、懸命の治療が行われていたらしい。そして今し方、目を覚ましたという。

「涼介が今、軍から報せを受けたようです。彼女が助かって本当に良かった……。それに彼女は幻影男爵の被害者で唯一の生き残りです。彼女が助かって本当に良かった……。それに彼女は幻影男爵の被害者で唯一の生き残りです。快方に向かえば、詳細な話が聞けます」

弾んだ声で言う清司郎を見て、朱里は混乱する。幻影男爵は青梅家の者であるはず。父も怪人本人もそう言っていた。だから、絶対そうに決まっているのに――。

「随分、楽観的ですね。青梅家の悪事は暴かれないという自信がおありですか」

途端、清司郎は灯火が吹き消されたかのように、笑顔を引っ込めた。そんな必要はないのに罪悪感がよぎる。

「朱里さん、それは――」

「否定なさるのでしょう、分かっています」

それ以上聞きたくなくて、清司郎の言葉を遮る。舌の上の甘味は、苦々しいものに変わっていた。

やっぱりやめておけば良かった。必要だったとはいえ、こんな風に馴れ合うのではなかった。所詮は紅蓮野家と青梅家――千年以上続く確執は永久凍土の如く存在するのだ。

清司郎はしばらく黙っていたが、やがて意を決したように口を開く。

「朱里さん。そのことですが、俺は――」

――そこへ、川の方から人々の悲鳴が響いた。

朱里と清司郎は弾かれたように橋を振り返る。

「か、怪人……！　怪人が出た！」

「逃げろ、幻影男爵だ！　殺される……！」

「なっ⁉」

朱里は人々が口走る名に声を上げた。時は夕刻、まだ妖魔が出現するには早い時間帯だが――。

とっさに駆け出そうとしたが、慣れない洋靴に足がもつれる。危うく転びそうになったところを、清司郎にはしっと手を摑まれた。

「落ち着いて。上空です」

清司郎が指差す方向を見る。赤々と燃える夕日を背景に、黒い影が空を横切る。間違いない、あの濃い墨で塗りつぶしたような人影は幻影男爵だ。

――ちらり、と目が合ったような気がした。

顔はおろか、瞳がどこにあるかも分からないというのに――それでも確かに。

幻影男爵は朱里と清司郎の近くに降り立った。否、正しくは――。

「わあぁん、母様、お母様……！」

年端もいかない少女が橋の上で泣いている。膝から血が出ているところを見るに、怪我をして逃げ遅れたらしい。母親とはぐれたのか、近くにそれらしき人物はいない。

幻影男爵はゆらりと陽炎のように動き、少女へ手を伸ばす。

――まさか、幼い子供にまで手を掛けるつもりなのか。

さっと青ざめた朱里は、次の瞬間、叫んでいた。

「やめなさいッ！」

鞄に忍ばせていた呪符を手に取り、炎の薙刀を構える。幻影男爵は朱里を肩越しに見やり、少女には手を出さず、再び跳躍した。

「待て……！」

幻影男爵は建物を飛び越え、北上を続けていく。見失う前に追いつかなければ。さきほどの少女のようにまた人が襲われるかもしれない。

なりふり構っている場合ではない。朱里は邪魔な洋靴を脱ぎ捨てた。

「清司郎さまはその娘《こ》をお願いします！」

「朱里さんっ……！」

少女を清司郎に託し、朱里は駆け出した。翻るワンピースの裾も気にせず、逃げ惑う人々の流れに逆らって、闇色の影をひたすらに追う。

するとこちらを嘲笑うかのように、幻影男爵は再び地上に舞い降りた。大きなビルヂングの角をこれ見よがしに西へ折れる。誘い込まれているのかもしれない、という危惧が過るも、足を止める理由にはならない。

やがて小さな神社が見えてくる。幻影男爵は境内に入り、本殿を背にして立ち止まった。

「追い詰めた……！」

朱里は鳥居をくぐり、幻影男爵との距離を詰める。

瞬間、神社の境内に突如として夜の帳《とばり》が下りた。身も凍るような冷たい風が吹き、境内と外界を断絶する。結界だ、と瞬時に理解した。やはり幻影男爵は呪術を使うのだ。

そちらがその気ならば。朱里は覚悟を決め、幻影男爵に向き直った。

「お前は青梅家の者なのでしょう。誰の命令でこんな悪逆非道を繰り返すの？」

幻影男爵は沈黙を保っている。朱里は薙刀の切っ先を目の前の妖魔に向ける。

「言うつもりがないのなら、吐かせるまで」

参道の石畳を蹴りつけ、一気に距離を詰める。幻影男爵がひらりと身を翻した。

「はあああ！」

朱里はさらに強く踏み込んだ。燃える切っ先が幻影男爵の襤褸を掠める。音もなく、ただ闇が裂けて、焦げ付いた。幻影男爵はひらひらと、まるで糸の切れた凧のように不規則な動きで朱里を翻弄する。

「そこ！」

左から右へ流れる影を追って、薙刀を一閃する。捉えた——かに見えたがしかし、

「なっ……」

朱里は零れんばかりに目を見開いた。薙刀が動かない。幻影男爵は——その黒い手で炎ごと薙刀を握っていた。

武器を手放すか、否か——その僅かな逡巡が命取りとなった。朱里は薙刀ごと引き寄せられ、気づけば幻影男爵の腕の中に囲われていた。

「っ——」

声にならない声が漏れる。

朱里の視線は、間近に迫った幻影男爵の口元に釘付けになった。

鋭く尖った二本の犬歯は、太く長く発達している。

血の気が失せていく。母の変わり果てた姿が――血を吸い尽くされて倒れ伏す、朱里自身を幻視させた。

ワンピースの襟ぐりから無防備にさらされた首は、いとも簡単に牙で貫かれるだろう。

「ア、ア、アア――」

幻影男爵から掠れた声が漏れた。飢餓を感じさせる、切迫した呻きだ。

「アアア、アアアア――!」

獣じみた咆哮が鎮守の森に反響する。幻影男爵が勢いよくこちらに覆い被さった。

「うっ……」

押し倒された拍子に、薙刀が手から離れ、溶けるように消える。背中を打った痛みより、圧倒的な恐怖に硬直することしかできない。

「――アアアアア!」

幻影男爵が口を開いた。大穴の奥には、ただ深淵が広がっている。

「いやっ……」

気がつけば、みっともなく叫んでいた。

そんなことしたくないのに。退魔士として、万が一の覚悟はしていたはずなのに。

「やめて、いや――！」

するとと幻影男爵の動きがにわかに止まった。恐る恐る、瞑っていた目を開く。

その時、朱里は確かに見た。

黒い檻褸の中で――一筋の涙が伝うのを。

「え……？」

朱里はおおいに戸惑う。幻影男爵は荒い呼吸の合間で、確かに泣いていた。

次の瞬間、今まさに吸血されようとしていた朱里を、怪人自身が掻き抱いた。まるで愛おしいものをくるむように優しく、しかし有無を言わさぬ力で。

「とお、くへ……」

かろうじて聞き取れる言葉は、どこか切実な響きを持っていた。

「だ、れも、いない――どこか、とおくへ」

手が伸びてきて、ぐっと体が引かれる。足が僅かに浮いているのを感じた。朱里は自分が幻影男爵によって抱かれたまま、連れ去られようとしているのだと思い当たった。

背中に回った腕は力強く、振りほどけそうにない。このままでは自分の身がどうなるかすら分からない。

だというのに、何故だろう。

退魔士としての使命も、命を失うことへの恐怖も、なにもかもが薄皮一枚隔てたようにどこか他人事のように感じるのは。

何故だろう。

この得体の知れぬ怪人の悲哀に——胸の奥が共鳴しているのは。

「じゅ、り——」

そして、幻影男爵が自分の名前を呼んだ。確かに、呼ばれた。

その瞬間だった。

耳をつんざく、鋭い破裂音が周囲に響いた。

森の木々に止まっていた鳥が一斉に逃げていった。続けて硝子が割れるような衝撃を肌で感じる。結界が壊されたのだ。

境内に茜が差し、隔絶されていた現実が一気に流れ込んでくる。

鳥居の向こう——拳銃《ピストル》を構えた清司郎が、銃口越しに怪人を見据えていた。

「行かせない……」

視線は刃のように鋭い。激しい怒気が、清司郎の全身から立ち上っている。

「その人は渡さない。少なくとも、お前にだけは——!」

拳銃は陸軍で採用されているものではない。あれが玩具に見えるほど大きかった。最も特徴的なのは銀の銃身である。本来なら鉄製であるところが、全て銀でできている。おそらくは拳銃と呪術を合わせた術具なのだろう。

「……ッ!」

幻影男爵が明らかに動揺した。一度、朱里と共に地面に降り立つと、銀の拳銃を恐れるように後じさる。しかし朱里を解放はしない。人質がいれば、清司郎とて軽々しく発砲できないからだろう。

「――朱里さんを放せ」

清司郎は幻影男爵と距離を詰めながら、拳銃の銃身を折った。中折れ式拳銃の薬室から、空薬莢《やっきょう》が一つ飛び出る。

清司郎は懐から弾丸を取り出し、一つ一つ薬室に詰めていく。弾丸もまた銀でできていた。不可解なのは銀の弾丸に触れる度、清司郎の指がじゅうと音を立てることだった。かすかに皮膚の焦げるにおいがする。だが、当の本人は痛みにまるで無頓着だ。

六発の弾を装填し終えたところで、清司郎は再び銃身を元に戻す。

そして彼我の距離、あと十歩ほどで立ち止まると、足を肩幅に開き、両手で拳銃を構えた。獲物を睨む瞳は、冷徹かつ獰猛な獣を想起させる。

幻影男爵はその場から動かない。

清司郎は無言で引き金を絞った。再びの発砲音が境内に響く。

「アアアアア！」

恐ろしい悲鳴がすぐそばから響いた。見ると幻影男爵の肩口が僅かに抉《えぐ》れていた。幻影男爵は頭を振り乱し、たまらず朱里をその場に放り捨てる。

ついで清司郎はもう一方の肩、それから右太腿を正確に撃ち抜いていく。距離が近いとはいえ、恐るべき射撃精度だ。殺さない程度に、しかし確実に傷を負わせていく。

解放されたというのに、朱里はその場でへたり込んで動けない。

今の清司郎にはいつもの好青年然とした様子は微塵もない。慈悲を持たぬ鬼神の如き様相である。

もう何度目かも分からぬ発砲音、その度に苦悶の叫びを上げる幻影男爵。怪人の右手が宙を彷徨い、銃弾を必死に防ごうとしている。その姿はまるで哀れな被食者のようだ。

朱里は訳も分からず、自身の奥から生まれる衝動に突き動かされた。

「やめて、もうやめてッ！」

はっと、清司郎の瞳が数度瞬いた。銃撃が止む。

切実な表情で朱里は清司郎を見つめた。清司郎の頬に人間らしい血色が戻る。ついで彼は幻影男爵をつぶさに観察し――何か気がかりがあったのか、つと眉を顰めた。

その隙を見逃さず、幻影男爵は黒い霧となって姿を消した。

――辺りに静寂が戻る。

朱里は震える肩を自ら掻き抱いていた。そうして蹲《うずくま》ることしかできない朱里を見て、清司郎は立ち尽くしている。

「朱里さん……」

忸怩たる思いを抱えながら、それでも朱里は立ち上がることができない。清司郎は参道に散らばった空薬莢を集め出した。その度に指が焼けるのも厭わずに。痛覚さえ失ったような清司郎の仕草が恐ろしく、朱里は震える瞳で彼を見上げた。

「……俺、は……」

清司郎が何かを言おうとしたその時、上空から八咫烏が急降下してきた。地面に到達する寸前、烏は光り輝き――七五三野涼介の姿になる。

「若！　何があったんです……！」

焦燥を浮かべている七五三野に、清司郎はゆっくり問うた。

「怪我をした少女はどうなった？」

「警官に引き渡してきましたよ。それよりあんた、銀の銃を使ったんですか」

七五三野は銀色の空薬莢が散らばっているのを見て、溜息交じりに天を仰いだ。清司郎は焼けただれた自身の手を、興味なげに眺めている。

「ああ、かの怪人に会敵してな」

「諸刃の剣でしょうに。ったく……自分をぞんざいに扱わんでくださいよ」

七五三野は清司郎の手から銀の拳銃や空薬莢を奪い取ると、軍服のポケットに仕舞い込んだ。それからへたり込んだままの朱里の肩に、羽織っていた外套を掛けた。

「ご婦人がそんな汚れた様で歩くわけにもいかんでしょう。ほら、車を回してきましたから。……立てますか？」

七五三野が手を差し出してくる。思いがけぬ気遣いに、朱里は戸惑いながらも立ち上がった。触れた手から人のぬくもりが伝わってきて、ようやく体の強張りが抜けていく。

七五三野が神社の鳥居へ取って返す。朱里は外套の裾をぎゅっと握り締めながら、怖々と清司郎の表情を窺う。

夕焼けに照らされた清司郎の横顔はただ、沈痛に伏せられていた。


青梅家本邸の離れに、夜の帳が下りている。

朱里は洋館の南側にあるサンルームにいた。目の前に五面の大きな硝子窓がある。腰壁は無双連子窓になっているが、今夜は風があるためぴたりと閉じられていた。

椅子に腰掛けたまま、夜空を見上げる。室内は青白い月光に満たされていた。闇夜には星々が輝いている。美しいとは思うが、気分は晴れない。

「朱里さま、お茶が入りました」

入り口からそらの声がした。サンルームに芳しい香りが漂う。部屋の中央には椅子と同じ素材でできた、小ぶりな丸卓がある。そらは卓に湯呑みとお茶請けを置いた。

そらはすぐその場を離れようとはせず、お伺いを立てるように言った。

「それと、若様がおいでです。少しお話がしたいということなんですけど」

朱里はぎくりと肩を強張らせた。冴え冴えとした青い炎を灯す清司郎の瞳が脳裏を過った。激情を飼い慣らし、冷徹に幻影男爵を追い詰める——あの目を思い出すと恐ろしくなる。しかしなけなしの矜持が、逃げることを良しとしなかった。

「分かりました、お会いします」

「本当ですか、良かった」

無邪気に手を打ち合わせたそらは、軽い足取りで部屋を出ていった。そしてすぐ戻ってくる。

「朱里さま、若様をお連れしました」

朱里はぎこちなく振り返る。そこには袷に着替えた清司郎が立っていた。

「……夜分遅くに申し訳ありません、朱里さん」

清司郎は緩慢な動作で、朱里の向かいに腰掛けた。お互い微妙に視線を外している。そらだけがご機嫌で清司郎の分のお茶を用意していた。叶うならそらにこの場を離れないで欲しいと願ったが、そらは給仕を終えるとすぐに出て行ってしまった。

重たい沈黙が落ちる。清司郎が控えめに茶を勧めた。

「いただきましょうか」

「……はい」

湯呑みに口をつけると、湯気に混じってふんわりと香ばしい匂いが立ち上った。加賀棒《かがぼう》茶《ちゃ》だろうか、清涼感を伴った味と香りが、乱れた朱里の心を慰めてくれる。菓子盆の最中も一口いただくと、くどすぎない餡の甘さが茶に良く合った。

朱里は籐でできた卓の向かいをちらりと窺った。清司郎は少々しかめっ面で最中を齧っている。甘いものが苦手なのは本当らしい。

いつまでも遠慮していては話が進まない。朱里はあえて強気な口調で言った。

「そんな顔で食べては最中に失礼です。次はお煎餅にしてもらえばいかがですか？」

　すると清司郎はぎこちなく口を苦笑の形に歪めた。

「そう、ですね。いえ、いつもはそうしてもらっているんですが、今日は同じものでいいと言ってしまったんです」

　朱里が口を開いたことで、清司郎は安堵しているようだった。

「朱里さん、今日はすみませんでした。お見苦しいところを」

　幻影男爵と相見《あいまみ》えた時のことだろう。あの時の光景を思い出し、朱里は唇を噛んだ。

「貴方は私を助けてくださったのでしょう。謝られることなどありません」

「ですが」

「それよりも……お尋ねしたいことがあります」

　改めて聞くのは正直、怖かった。今まで信じていたものが全て崩れかねないのだから。

　けれど、目を逸らすわけにはいかない。

「貴方は幻影男爵を撃った……。それこそ命を奪いかねない程に。けれど幻影男爵は青梅家の手の者であるはず。怪人当人も、私の父もそう……言っていたのに」

　朱里は膝の上で固く手を握り合わせる。指先が白くなるほど、強く。

「何故、貴方はかの者を撃ったのですか？」

　清司郎はしばし黙ったままだった。朱里の疑問を吟味しているかのように。そして、

「あの時は無我夢中でした。なんとしてでも貴女を怪人の手から救わなければ、と」

「私はそんなことが聞きたいんじゃ……！」

「承知しています。分かっていただきたいのは、あれが貴女を籠絡したいがための大仰な芝居などではないということです」

朱里はとっさに押し黙る。清司郎は自身を落ち着けるためか、湯呑みに口をつけた。

「青梅家が幻影男爵と関わりがないことは、再三申し上げてきました。俺はそれを証明する義務がある。けれどあんな風に……相手が幾人もの命を奪った妖魔とはいえ、残虐な行いをしてしまいました。貴女にも恐ろしい思いをさせてしまった。申し訳ありません」

深々と頭を下げる清司郎になんと言っていいか分からない。彼の誠心誠意が伝わってくるのをどうにか否定したくて、でもできない。

朱里が口を噤んでいると、清司郎が神妙な面持ちで尋ねてきた。

「朱里さん、俺からも聞きたいことがあります」

「……なんでしょう」

「貴女は幻影男爵を何度も目撃していますね。青山、神楽坂に続き、今日も。何か彼奴の容貌、声、仕草などの特徴に覚えがあれば教えてくれませんか？」

確かに玉萩花魁を除けば、朱里は唯一幻影男爵を間近で目撃し、生存している人間だ。会話までしたことがある。青梅が黒幕なら邪魔な存在、しかしそうでないなら貴重な目撃者である。清司郎の言葉に裏がないか考えようとしてやめる。真実が分からぬ以上は、意味のない詮索だ。その代わり、朱里は必死に記憶を掘り起こした。

「それが……幻術でもかかっているのか、いつもぼんやりとしてよくわからないのです。

声もなんだか頭に反響するようで一向に分かりません」

「手は見ましたか？」

いやに具体的な質問に朱里は首を傾げた。

「手、ですか？」

「その……手に限らず、肉体に特徴があれば、それも個人を特定する情報ですから」

素直に考え込む。今日、連れ去られようとする直前、幻影男爵は朱里に手を伸ばしてきた。だがそれも冷静さを欠いていたからか、記憶に霧がかかっている。

「分かりません」

朱里が首を振ると、清司郎は静かに一つ頷いた。

「一応、聴取をさせていただきました。かの怪人は俺個人としても早く捕まえたい」

青梅が裏で糸を引いているわけではないと再三主張したいらしい。

「そこまでして、どうして私に無実を訴えたいのですか？　紅蓮野の娘がなんと思おうと、放っておけばいいのに」

清司郎は朱里を真正面から見つめた。

「――俺が何のために貴女と婚約するのか気にされていましたね」

「え、ええ」

フルーツパーラーで聞き損ねたため、清司郎の目的は未だ不明だった。意を決したように清司郎は続けた。

「俺は……長く続く青梅家と紅蓮野家の確執を取り除きたいのです。ひいては退魔士同士が、互いに協力し合う世を作りたいとそう願っています」

朱里は息を呑んだ。そのあまりにも愚直な理想に。

「帝都にはそこかしこに電気の光が灯り、妖魔は姿を消している。自然、退魔士も仕事が減り、家が存続できなくなったり、爵位を返上したりすることは稀ではありません。けれど妖魔は確かに存在しています。街からいなくなっただけで、闇に潜んでいる――」

帝都とて中心部を外れれば、田園が広がっている。深い山には今も昔も軽率に立ち入る人間はいない。特に夜には怪異や妖《あやかし》の類が現れるとされているからだ。

「人々は神と仏の結びつきを手放し、科学を信奉するようになりました。しかし妖魔が消えた訳ではない。この国古来のものだけではなく、異国との行き来が活発になり、外洋からの妖魔も増えている。退魔士はこれからの世にも必要な存在なのです」

清司郎の口調に一切の濁りはない。

「退魔士達は反目し合っている場合ではない。これからは手を取り合い、協力する必要がある。そのためにはまず青梅家と紅蓮野家が模範となるべきなのです」

彼の瞳はどこまでも澄んでいる。そこに宿る光が眩しすぎて、朱里は思わず手元に視線を落とした。

「どうして貴方がそこまでするのです……？」

現実的にそうせねば退魔士自体が立ち行かず、人々を守るどころではなくなるのも分かる。だが大木も根がなくては揺らぐ。清司郎がその理想に至った理由が分からなかった。

「……長い話になるのですが聞いていただけますか」

清司郎はどことなく寂しげな笑みを口元に湛えた。

「俺が八歳になろうかという頃です。……母が亡くなりました」

以前、清司郎は亡くなった母に潔白を誓っていた。朱里もまた母を失った身だ、その言葉に感化され、これまで清司郎の元にいたところもある。

「母は人狼の血を引く半妖であり、退魔士でもありました。青梅の退魔士の中でも一際呪力が強く、術の扱いにも長けていた。自ずと、強大な妖魔を相手にすることが多かったのです。嫡男である俺は幼少の頃から、母の仕事ぶりを見学していました」

朱里も幼い頃から父についていき、妖魔を調伏する姿を見ていた。身をもって呪術の扱いや妖魔の習性を学ぶのは、退魔士の子であれば当然のことだ。

「ある時、帝都で子供が失踪するという事件が立て続けに起こりました。実に、十数人も行方不明になっていた。被害者は妖魔にある村へ連れさられているとの情報が入り、宮城からの命令で数名の退魔士が派遣されました。青梅家からは母と俺が。他家からも幾人かが捜索にあたりました」

珍しいことではあるが、宮城からの命令で、退魔士達が一時の協力関係を結ぶことがある。それだけ強大な力を持つ妖魔だと推察されたのだろう。

睨んだ通り、子供達を拐かしたのは絡新婦《じょろうぐも》という妖魔であった。村の廃屋を根城にしていたという。

「絡新婦は子供らの生き血を吸い、自分の美貌を保つことに固執していました」

落ちた天井から月光が差し込み、屋根の様子が見えたらしい。子供らは蜘蛛の糸で磔にされていた。そのほとんどがすでに命を落としていたそうだ。

「酷い……」

朱里は目をきつく瞑った。弱い子供が妖魔の犠牲になることは珍しくないが、それでも凄惨な事件に変わりはない。清司郎も苦々しげに頷いた。

「母は先陣を切って絡新婦を調伏しようとしました。同じ年頃の息子がいたから我慢ならなかったのでしょう。背後を他家の退魔士に託して。……けれど」

清司郎はそこで一旦、言葉を切った。その額にはうっすらと脂汗が浮かんでいる。

「他家の退魔士達は、母の後についていかなかった。廃屋の外から、まるで高みの見物でもするかのように、戦いを眺めることしかしなかったのです」

「そんな、どうして……？」

急造の仲間とはいえ、妖魔と戦っている最中に見て見ぬふりをするような、悪質な妨害に遭ったことは朱里自身ない。

「彼らはおそらく、絡新婦と戦う手腕から、母が名のある家の退魔士だと目算をつけたのでしょう。俺がその息子であることも明白です。ここで二人ともが命を落とせば、どこぞの名家が凋落し、自分達の家に利益がある。そう……考えたのだと思います」

朱里は唖然とした。そんな醜悪がこの世に存在していいのか。しかし淡々と語る清司郎の痛々しさに、結局、話の続きを黙って聞くしかなかった。

「母は不利を悟ったのでしょう。絡新婦は自分に任せて、俺に子供達を救い、逃げるよう命じました。今、彼らを助けられるのはお前しかいないのだと、そう言い含めて」

清司郎の瞳が僅かに揺れる。風に煽られた蠟燭の火のように。

「迷った末、俺は母の言うとおりにしました。まだかろうじて息のあった少年と少女、一人ずつを連れてその場から逃げたのです。絡新婦を相手に孤軍奮闘する母を、置き去りにして」

清司郎が静かに目を閉じる。瞼や長い睫がかすかに震えていた。

「朝方、現場から母の遺体が発見されました。蜘蛛の糸でがんじがらめになった、変わり果てた母が……」

うっすらと瞼を開き、清司郎は自嘲気味に言った。

「俺は、母を見捨てて逃げたのです……」

「そんな、そんなことはありません」

朱里は被せるように言い募った。

「幼い身なら仕方のないこと。ましてや瀕死の被害者達を託されたのなら尚更……！」

「ありがとうございます。――それでも、あの時の俺に恐れる心がなかったかと言えば、嘘になります。死を目の前にして、逃げ出したくなかったのかと問われれば、答えは否です。被害者を救うという大義名分を得て、俺は……少なからず安堵したのです」

そこには悲しみや怒りを超越した——無力感だけがあった。

「今日、あの時——貴女が怪我をした子供を俺に託し、幻影男爵を追いかけていった時。母のことが頭を過りました。貴女が母のようになってしまったら、と思うと……とても冷静でいられなかったのです」

ずきっと胸が痛み、朱里はきつく目を瞑った。見たこともない幼い日の清司郎の姿が、瞼の裏に映る。母を——朱里を窮地に置いたまま、青ざめ、立ち尽くしている幼子が。

「ごめん、なさい。私……」

「朱里さんには何の落ち度もありません。俺が至らないばかりに、貴女を危険にさらし、いらぬ恐怖を与えてしまった。それだけです」

潔いほどに、清司郎は深々と頭を下げた。

「朱里さん、お願いします。改めて俺に協力してください。俺は母のような悲劇を二度と繰り返したくはありません。仲間同士で足を引っ張り、憎しみ合うのは間違っている」

熱を帯び始めた口調を冷ますように、清司郎は茶を一口飲んだ。

「だからまず青梅家と紅蓮野家の手を結ばせたい。反目し合っていることで有名な二家が協力し合えば、他家も退魔士が逼迫《ひっぱく》している現状に気づき、目を覚ますはず。それが退魔士のため、ひいては国のため……人々のためになる」

何もかもが腑に落ちた気分になった。朱里は自分の考えを確かめるべく、清司郎に問う。

「それで、私を婚約者にしたのですね」

力強かった清司郎の視線がかすかに泳いだ。しかしそれも一瞬のことだった。

「はい。……ただ、貴女を政略結婚に巻き込むつもりはありません。幻影男爵が青梅家の者ではないと証明し、貴女を通じて紅蓮野家との友好関係を築けさえすれば――貴女との婚約を破棄し、紅蓮野家にお返しすると約束します」

何故か――自然、湯呑みに視線が落ちる。

水面に映る自分の表情は呆然としている。清司郎の過去のこと、彼の望む未来のこと、そして――幻影男爵のことが頭をぐるぐると回るばかりで、一向に要領を得ない。

「どうして最初から仰ってくださらなかったのですか」

やっと言えたのはそんな恨みがましい言葉だった。清司郎は気にした風もなく答えた。

「青梅家の人間であることを朱里さんに隠していたのは事実です。あの時、俺が何を言っても信じてもらえないと、そう考えました」

「それは……」

確かにあの時は頭に血が上っていた。何を言われても歯牙にもかけなかったに違いない。

「もちろん、言葉だけで信じていただこうとは思っていません。……朱里さん、これを」

清司郎が懐から取り出したのは、銀の拳銃だった。ごとり、と卓の上に置かれた銃身が月光を鈍く弾いている。清司郎は己の左胸――心の臓に手を当てた。

「俺は黒狼という妖魔の血を引いています。この銀製の銃、そして銀の弾丸は――吸血鬼のみならず、人狼族にも効くのです」

「だからあの時、弾丸に触れた手が……」

七五三野が『諸刃の剣』だと苦々しげに言っていたのを思い出す。

「もし俺を信じられないと思ったのなら、この銃で俺を撃ってください。貴女に信用してもらえなかったのなら、俺の力量不足です。その判断を甘んじて受け入れましょう」

朱里はそっと拳銃に手を伸ばした。予想していたよりも重く、そして冷たい。無慈悲な暴力の気配が伝わってくる。朱里は純粋な疑問をぶつけた。

「どうして……清司郎さまはそこまで私を信じられるのですか？」

清司郎はつと目を逸らした。その眉根は苦しげに寄せられている。

「そうですね……。信じているのだと思います」

「そ、そこははっきりしてください」

「すみません。でも俺は決して貴女を裏切ることができない。これだけは確かです」

「だから、何故？」

焦れて質問を重ねると、清司郎はやおら茶を呷った。そうして空になった湯呑みを置き、一息に言った。

「貴女が好きだからです」

途端、外の風が止んだ。木々の葉擦れの音が消え失せ、耳に痛いほどの静寂が訪れる。

朱里はたっぷり沈黙した後、間の抜けた声を発した。

「……は？」

「あの……そう目を点にされると、居たたまれなくなります」

清司郎が深く嘆息し、肩を落とした。

頭が真っ白になる。先刻、彼はなんと言った？　好き？　好き……とは？

「どういう意味ですか？」

結局、疑問をそのままぶつける。清司郎は苦い丸薬でも飲んだように、顔を歪めている。

「俺は……その、正直に白状すると、つまり……貴女に懸想《けそう》をしているということです。貴女にならら殺されてもいいというのは、なんというか、言うなれば、惚れた弱味……ということです」

歯切れの悪い清司郎を見て、朱里はことんと小首を傾げた。

「ええと、嘘、ですか？」

「今すぐそう言って、撤回したい気分です……」

ついに清司郎は手で額を押さえ、俯いてしまった。

一方の朱里は、じわじわと清司郎の言葉に理解が及んでいる最中だった。道行く男に声を掛けられたことはあれど、こんな風に面と向かって好きだと言われたことはない。それも宿敵の家の嫡男に。もはや訳が分からなかった。

「そ、そんな……それは……なん、なんで？　いつから？」

情けないほど狼狽してしまう。朱里の反応をどう受け取ったのか、清司郎はか細い声でぽつぽつと答えた。

「……最初、一目貴女を見た時からです。俺はずっと貴女に恋い焦がれていた……。出会ってから今まで、貴女のことを想わなかった日はありません」

こんな熱烈な言葉が世に存在するのか。急に心の臓がうるさくなって、顔が朱に染まるのを感じる。先日の傷が開き、熱がぶり返したのかと思うほどに。

「あの、その――」

何か言わなければと思うのに、声が喉に詰まる。朱里は首が痛くなるほど俯いた。まともに清司郎のことを見られない。

沈黙を埋めるように清司郎が言葉を継いだ。

「もちろん、退魔士の現状を変えたいという理想に嘘はありません。母が亡くなった事件が今の俺の根幹であり、血肉なのです。けれどそれだけかと問われれば嘘になる。……ずっと、罪悪感がありました。今、白状できて良かったです。貴女には嫌な思いをさせてしまったでしょうが……」

静寂の中に、彼の独白だけが響く。

「この状況を利用して、貴女の傍にいたかった。貴女に傍にいてほしかった。偽りでもいいから、一時でも婚約者になりたかった。……俺には、そういう浅ましい考えがあるのです。立派な理想だけを追い求めている聖人君子では決してない」

ふっと自嘲してから、清司郎はゆるくかぶりを振った。

「けれど、何も盲目な訳ではありません。貴女の人となりは分かっているつもりです。貴女は——清く正しく、澄み切った心をお持ちだ」

「そんなことがどうして分かるのです……」

ますますいたたまれなくなる。朱里とて——そんな立派な人間ではない。

しかし清司郎が前言撤回する様子はなかった。

「青山の廃寺で、貴女は火車を助けていましたね。退魔士が調伏するのは人に仇為す妖魔だけだ、とそう言って。まさにそれこそが多くの退魔士に足りない、真実を見極める、慈悲深い心の表れだと、強く思いました」

「あ……」

そういえばそんなこともあった。あの時、清司郎が目を細めてその様子を見つめていたのを思い出す。

「そんな貴女だからこそ、俺は賭けたのです。自らの責任で、自らのこの命を」

何も返せない朱里を置いて、清司郎は椅子から立ち上がった。

「だからどんな結末になろうと、貴女が負い目を感じる必要はありません。俺を信じられないと思ったのなら、遠慮無く弾丸を撃ち込んでくれて構わない。——貴女にはご迷惑をおかけしますが、今しばらくお付き合いいただきたい」

偽りの婚約者を続けること、そして清司郎の理想——退魔士達の結束を成就させること。朱里は迷う。どうしたらいいのか。どうすべきなのか。けれどこれだけは分かる。清司郎の言《げん》に嘘がないことだけは、真実だ。

「本当に申し訳ありません」

答えあぐねている朱里を見てか、清司郎は小さく付け加える。

「今すぐにでもご家族の元に帰りたいでしょう。貴女の愛する人々が待つところへ」

「私が、愛する……」

清司郎はぎこちなく、それでも笑った。

「日本橋で使用人の方に会ったでしょう。要さん、と仰いましたか。彼に駆け寄る貴女は無邪気な少女のようでした。嬉しそうに微笑んで、心の底から安堵していて……。それを見て思い知ったのです。俺には決して、貴女にあんな顔はさせられないと」

握り拳に力が入って、清司郎の肩が小刻みに震えていた。しかしそれもふっと力を失い、彼は魂が抜けたような声で呟いた。

「好いてもいない男と一緒にいるのは、さぞお辛いでしょうね……」

朱里は思わず清司郎を見つめた。彼はすでにこちらへ背を向けていた。

「……おやすみなさい」

平坦な声でそれだけ言うと、清司郎はサンルームを後にした。

朱里は椅子に座ったまま、動けずにいた。

思考の整理が追いつかない。波立つ感情をなんとか宥めるべく、湯呑みの縁に口をつける。冷めた茶が喉を通ると、少しばかりの冷静さを取り戻す。

だがそこで、皮肉にも清司郎の言葉を吟味する余裕が生まれてしまった。

──好いてもいない男と一緒にいるのは、さぞお辛いでしょうね……。

本心、朱里とてあの時、要と一緒に家へ帰りたかった。そうなればどんなに良かったか。だが青梅家を探るという目的がある以上、それはできない。

それを分かっていながら、清司郎は偽りの婚約者を続けている。朱里が言えたことではないが、本来なら帝國男児らしからぬ卑劣な行為だと誹《そし》られてもおかしくはないのだろう。少なくとも清司郎自身はそう考えている。

それなのに。

──貴女が好きだからです。

──出会ってから今まで、貴女のことを想わなかった日はありません。

「っ、う……」

火が噴き出しそうな頬を両手で押さえ、深く俯く。どうして「何を馬鹿なことを」と一蹴しなかったのだろう。事実、清司郎は朱里に手酷く拒絶されるのを、望んでいたようにも見えた。まるで罪人が介錯を救いとするが如く。

「何を考えているの、あの人は……」

八つ当たり気味に独りごちる。すると、

「――なーんにも考えてないと思いますよ」

「きゃっ」

突然声がして、朱里は肩を竦めた。窓辺を振り返ると、硝子に逆さまになった七五三野の顔が映っている。どうやらサンルームの屋根からぶら下がっているらしい。

七五三野はそのまま器用に窓を開けると、室内に滑り込んできた。まんまと驚かされたことに、怒りが湧いてくる。

「ず、ずっと見張っていたのですか」

「当たり前でしょ、俺が若とあんたを二人きりにするわけない。あ、もちろん、あんたが熱烈な愛の告白を受けるところも、ばっちり拝見させていただきましたよ」

「げほ、ごほっ……！」

朱里は思いきり咽《む》せた。さっき飲んだ茶が口から飛び出すかと思うほどに。

ひとしきり咳き込んで、なんとか息を整える。朱里は七五三野を睨み付けた。

「あ、あれはなんだったのですか？　まさか本当に私のことを、その……」

「そうでしょうね。あんたには慣れない方便も使ったようですが、元来、若は嘘をつける性質《たち》じゃないですから。全部白状できてすっきりしたんじゃないですか？」

「私はすっきりしませんっ」

「じゃ、不肖の主に代わって俺がお詫びしときましょう」

七五三野はいけしゃあしゃあと言い放った。それから思案げに顎を撫でる。

「にしても、なるほどねえ。若の様子がおかしいなと思ってはいたけど、色々腑に落ちました。いやはやあんたがそうだったとは」

「何のことです？」

「いやだなぁ、主の秘密をわざわざ教えるわけないでしょう」

これ以上、まだ何か隠していることがあるのか。恨みがましげに睨めば睨むほど、七五三野は楽しげに笑んだ。勘づいてはいたが、この男、性根が曲がっている。

「まぁ、代わりと言っちゃなんですが、別の話をしてあげますよ。……青梅の奥様が亡くなった事件の続きをね」

やにわにそう切り出され、朱里は息を呑んだ。

七五三野は月明かりに浮かび上がる庭に、遠く視線を投げる。

「村に棲み着いた絡新婦は希少な半妖の子供だけを集め、餌にしていたんです。巷に存在する半妖の子は自分の力を十分に使いこなせなかったり、青梅家の者のように呪術の心得があるわけでもない、無力な存在だ。それでいて人間の生気と妖魔の呪力、両方を取り込める。奴さんにとっちゃこれ以上ない獲物だったんです。……蜘蛛の巣に搦《から》め取られて、じわじわと生気を吸われていく感覚は、今でも忘れられない」

「まさか、あなたは――」

「若があの日助けた子供が、俺とそらです」

奇術の種明かしでもするように、七五三野は口端を片方だけ吊り上げた。

「九死に一生を得た俺達は青梅家に拾われました。一年ぐらい経った頃、俺は偶然、あの日の真実を知ったんです。自分の母親が死ぬかもしれないのに、見知らぬ子供を助けた若のことを。俺はいたたまれなくなって謝りました。申し訳ない、俺達のせいでって。そうしたら、あの人、何て言ったと思います？」

——俺も母も、正しいことをした。だからなんの後悔もない。

迷いなく、清司郎は断言したのだという。

「俺らとそう歳の変わらない、まだ母親が恋しいガキのくせに。昔から意地っ張りなんだ、あいつは」

七五三野の横顔は歪んでいた。こめかみに力が入っており、奥歯を強く噛み締めていることが分かる。悔恨と悲哀が入り交じった、複雑な表情だった。

過去を明らかにすることは、七五三野にとって心の奥底を曝け出すような行いだろう。だからこそ解せなかった。清司郎やそらとは違って、朱里にずっと警戒心を抱き続けている彼が、そのようなことを明かす道理がない。

「何故、そんな大事な話をするの？　あなたにとって私は……邪魔な存在でしょう」

「ええ、その通り。若を害する可能性のある人間は、もれなく俺の敵です」

七五三野は窓辺から離れ、朱里に向き直った。

「俺は若に拾ってもらったこの命を、あの人のために使うと決めてる。だから若に手を出そうものなら、誰であっても許さない」

　七五三野の視線が朱里を鋭く射貫く。かと思えば、不意に彼は肩から力を抜いた。

「……でもまぁ、他でもない若自身があんたに命を賭けるというなら、俺はあの人を信じるのみです」

「え――」

「それと……そうですね。個人的にあんたへ言い忘れていたことがあります」

　一転して、七五三野はばつが悪そうに後ろ頭を掻いた。

「神楽坂で俺が幻影男爵に返り討ちに遭った後、庇ってくれたでしょう。その借りもそのうち返しますよ。借りっぱなしは気持ち悪いので」

　思いもかけぬ言葉に、朱里は目を数度瞬かせた。

「清司郎さまから言われたのですか？　それともそらさんから？」

「若とそらを馬鹿にせんでください。そんな恩着せがましいことを言う奴らじゃありません。……それぐらい、自分で覚えてましたよ」

　七五三野は不意に朱里から視線を外す。どうやらずっと負い目を感じていたらしい。

　清司郎が日本橋で『涼介も感謝している』と言っていたことは当たっていたようだった。

朱里はその時の返答をそのまま繰り返した。

「あれは考えなしの行動でした。意味なんてありません。お礼を言われる筋合いも」

　七五三野が驚きに目を見開く。それを見て、少しだけ溜飲が下がった。

「……ああ、そうですか」

苛立たしげな口調でそう返し、七五三野はかすかに眉根を寄せた。

「若もあんたも似たもの同士ですね。案外、いい夫婦になるんじゃないですか？」

「ど、どこが似てるというの？」

「そうやって自分をないがしろにするところですよ。俺は若のあの癖が大嫌いなんだ」

最後にそう吐き捨て、七五三野はおもむろに窓を開けた。

瞬間、彼の姿が掻き消える。

目の前には開け放した硝子窓だけがあり、夜風を静かに呼び込むのだった。

第三章

そして仇恋が終わる時

——早いもので、朱里が青梅家本邸に来てから十日が過ぎようとしていた。

今日は晴天なれど、やや風が強く、庭の木々がざわめいている。桜の花はほとんどが舞い落ち、枝には葉が目立つようになった。

朝、朱里が離れの食堂へ赴くと、清司郎が待っていた。

「朱里さん、おはようございます」

「お、おはようございます」

「お久しぶりですね。近頃は屋敷を空けることが多くてすみません」

ここ最近、清司郎と七五三野はほとんど本邸に帰っていなかった。青山ではなく、麹町《こうじまち》の憲兵司令部に詰めているようだ。近々、何か大きな動きがあるのか、と聞きたいのは山々だったが、なかなか清司郎と目を合わせられない。

好きだ、と言われたことがどうしても頭を過る。

この数日、朱里は幾度となく、清司郎の告白を反芻していた。何もしたくてしているのではない。活動写真の如く、あの場面が勝手に甦るのだ。

だがいつまでも俯いているわけにもいかない。朱里がそろそろと目を上げると、清司郎ははばつが悪そうな苦笑を浮かべていた。

「冷めないうちに朝餉をいただきましょうか」

「はい……」

どうやらあの話題には蓋をすることにしたようだ。自分自身が何をどう思っているか、未だに整理のつかない朱里にとって、その選択は有り難い。

「なんか妙じゃないですか、お二人さん」

七五三野がにやにやとしているのに腹が立つ。一方のそらはてきぱきと朝餉の準備を整え、いつもの朗らかな声で言った。

「本日はオムレツです。中に西洋松茸が入ってるんですって！」

「西洋松茸……？」

「はい、異国《あちら》では……ま、ましゅ……なんだったっけ……」

「マッシュルームだな」

清司郎がそらの言葉を引き継ぐ。「そう、それです！」とそらはぽんと手を打った。

朱里はつやつやと黄色に輝くオムレツを見た。おぼつかない手つきでナイフを入れると、とろけるように黄色い断面が現れる。卵に包まれているのは、飴色になるまで炒めた玉ねぎと牛挽肉。さらに刻んだ西洋松茸が混ざっている。フォークで掻き寄せて、口に入れる。あっさりとした塩胡椒の味付けが、西洋松茸の旨味を絶妙に引きたてる。

「美味しい……」

「それは良かった」

向かいに座る清司郎が微笑ましげな眼差しを朱里に向ける。今日、初めて目が合ってしまい、朱里はさっと目元を赤らめた。

「そ、そうまじまじ見られると気が散ります」

「あぁ……すみません。朱里さんが美味しそうに召し上がるので、つい」

そそくさと目を逸らした清司郎に、朱里は唇を尖らせた。

「清司郎さまこそ早く召し上がったらいかがです。今日にも玉萩花魁から事情聴取ができるのかもしれないのでしょう？」

意識を取り戻した玉萩花魁は、未だ面会謝絶だという。ただし経過は順調で、近々事情が聞けるのではないかという話を聞いていた。

清司郎は慣れた手つきでオムレツを切り分けながら答えた。

「ええ、そうですね。上から警察に遅れを取るなと厳命されていますから」

「でも、若。今日だと困りますねぇ」

壁に背を預けていた七五三野が、不意に身を起こした。清司郎は思い出したように「あぁ」と頷く。朱里は小首を傾げた。

「何かご予定が？」

清司郎が口を開く前に、食堂の扉が叩かれた。現れたのは袴姿の厳めしい老爺であった。

「お食事中、失礼いたします。清司郎さま、旦那様からのご伝言です。――本日の夜会、朱里さまも出席するようにとのことです。婚約者ならば共に出向くようにと」

「何？」

清司郎がナイフを皿の上に置く。寝耳に水のことで、朱里も驚きを隠せない。一方、老爺は佇まいを少しも崩さなかった。

「旦那様の厳命でございます。くれぐれもお忘れ無きよう。それでは失礼いたします」

言うが早いか、扉は閉められた。唖然とする一同をよそに、そらが叫ぶ。

「ええっ!?　勇次郎《ゆうじろう》さまの夜会、朱里さまも出られるんですか？」

そらに顔を覗き込まれ、朱里は困り顔をする。清司郎が説明をした。

「朱里さん、先ほどの男は家令の日下部《くさかべ》です。勇次郎は俺の叔父で、青梅が所有する商会の経営者でもあります。今夜、叔父が主催する夜会があるのですが……」

それで七五三野は事情聴取が『今日だと困る』と言っていたらしい。

「私に出席せよ、とはどういうことなのですか？」

尋ねるも、清司郎は難しい顔をするばかりだ。代わりに答えたのは七五三野だった。

「うーん、旦那様の試練じゃないですか？　婚約を公にしろという。もし、婚約破棄でもしたら朱里さんも無傷じゃいられませんからね」

清司郎はしばらく沈思黙考《ちんしもっこう》していたが、やがて椅子を蹴るように立ち上がった。

「父と話をしてきます。朱里さんが出席させられることがないよう」

清司郎の語気は強く、目は鋭く眇められていた。どうしてそれほどまで頑ななのだろう、と訝しむ。朱里とて夜会には出たくないが、当主の厳命とあらば従っておく方が良さそうなものなのに――。

清司郎の様子を見て、七五三野がやれやれと首を振る。

「そううまくいきますかねえ、あの頑固な旦那様相手に」

「涼介、お前も来い。殴り合いになったら仲裁に入ってもらう」

「ちょ、ちょっと冗談でしょう、若！」

血相を変える七五三野を振り返らず、清司郎は朝餉もそこそこに食堂を出て行った。

残された朱里は複雑な表情で扉を見つめる。するとそらが朱里の顔を覗き込んできた。

「あのう……若様と朱里さまの婚約が破棄される可能性なんてない……ですよね？」

そらの瞳がうるうると揺れている。朱里は慌てて言い繕った。

「万が一の話よ、そらさん。それよりも夜会のことが急な話でびっくりしてしまったの。私は夜会の礼儀も分からないし、衣装も持っていないし。むしろそちらが気がかりなだけで……」

「なぁんだ。そんなことですか！　夜会の衣装なら山ほどありますよ。もし出席されるなら後で選びに行きましょう。寸法は私がすぐお直ししますからね。えへへ、朱里さまのドレスは何色がいいかなぁ。髪型や飾りはいかがしましょう？」

腕が鳴ると言わんばかりに、そらが袖を捲る仕草を見せた。朱里はいつぞやのデヱトのことを思い出し、背中に冷や汗が伝うのを感じた。

朝餉を終えた朱里は、自室へ戻る最中だった。そらはドレスを見繕わなきゃと言って、どこかへ行ってしまった。うきうきしているそらに、朱里は人知れず嘆息した。

あてがわれてしばらく経つ自室に差し掛かると、扉の前に誰かが立っていた。先ほど食堂へやってきた、青梅家の家令である日下部という老爺である。いくら当主の伝言だからといって、嫡男である清司郎に有無を言わさぬ態度だったのを思い出し、朱里は身を固くする。できれば関わり合いになりたくなかったが、待ち構えられていては仕方ない。

朱里が歩み寄ると、日下部は慇懃に一礼した。

「紅蓮野朱里さま、お待ちしておりました。先ほどはお食事中に失礼いたしました」

「……何か御用でしょうか」

「貴女様宛てにも、旦那様の言伝を預かって参りました」

「私に……？　先刻、食堂で話せば良かったのでは？」

「このことは清司郎さまには内密にお話しするように、と旦那様のご指示でしたので。――十時きっかりに屋敷の裏口で待つ、とのことです」

朱里は大きく目を見開いた。当主が直接接触を図ってくるとは予想外だった。しかも清司郎に秘密ということは――。

「私とご当主の二人きりで会う、ということですか？」

「そのように伺っております」

日下部は仕事は果たしたと言わんばかりに、再度一礼をすると、朱里の脇を通り過ぎていった。朱里は部屋の前で一人立ち尽くす。

夜会のことといい、呼び出しのことといい、何か当主の意図を感じずにはいられない。

だが『不入虎穴《こけつにいらずんば》、不得虎子《こじをえず》』と大陸の故事は語る。悩んでいたのはものの数分で、朱里はすぐに顔を上げ、時間を確認すべく部屋へと入った。

離れの外に出ると、肌寒さに皮膚が粟立った。朝餉の時に晴れていた空はいつのまにか雲が出ており、ちょうど太陽を覆い隠している。朱里は念のため持ってきた仏蘭西《フランス》縮緬のショールを羽織った。

指定された裏口へ足早に向かうと、立派な門が見えてきた。紅蓮野家とはまるで違う、こちらを表と見紛っても不思議ではない門構えである。

その門の前に朔太郎が佇んでいた。立ち姿には一分の隙も見当たらない。

「来たか、紅蓮野の娘」

よくぞ逃げ出さなかった、とでも言わんばかりだ。朱里はあえて丁寧に頭を下げる。

「お待たせいたしました」

「行くぞ」

朔太郎は言うが早いか、門を出て行く。彼の意図を見極めるため、朱里はその背に付き従った。

裏口の外は緩やかな傾斜が続く山道だった。草木や石が退かされ、歩きやすく整備されている。道ばたには春らしく、菫や一輪草が咲いていた。うららかな陽光が木漏れ日となって頭上に降り注ぐ。空気は澄んでいて、呼吸をする度に体の中が洗われていくようだった。

さして息も上がらないうちに、朔太郎は不意に足を止めた。

「ここは……」

一際大きい樹の根元に、墓があった。年月を感じさせる墓石に、傍らには法名塔、七宝の透かしが彫り込まれた一対の墓前灯籠がある。察するに青梅家代々の墓なのだろう。

風が木々を揺らす。葉擦れの音が収まるのを待って、朔太郎は呟いた。

「ここに清司郎の母が眠っている。今日は月命日だ」

朱里は大きく目を見開いた。朔太郎は墓の近くに置いてあった道具で掃除を始める。慣れた手つきを見て、彼が足繁く墓参りをしていることが分かった。朱里は我知らず目を伏せる。自分の父と比べても詮無いことは分かっているのに。

「あれの母親が死んだ顚末を知っているか」

まだ瑞々しい仏花の水を替えながら、朔太郎が問うてくる。朱里は小さく頷いた。

「退魔士の使命を果たされて、亡くなったと。……ご立派です」

朔太郎の肩がぴくりと跳ね上がった。僅かな怒気を感じ取り、朱里は瞠目する。

掃除を終えると、朔太郎は草履の裏で土を踏みにじるように、ゆっくりと振り返った。

「その場に他家の退魔士が居合わせたことは？」

「はい……。その者達が……清司郎さまの御母堂を陥れたと」

口にするのも憚られるほど卑劣な者共であり、清司郎の母にとっては限りない悲劇だ。

朱里が沈痛な面持ちを見せると、朔太郎はやや乱暴な手つきで袂からなにかを取り出した。

「紅蓮野の娘、これに見覚えはあるか」

唐突に差し出されたのは一枚の呪符だった。すでに呪力を失っているのか、ところどころ黄ばみや破れが見受けられるが、書き付けられている字と図は分かる。典型的な悪鬼退散の呪符であり、なんらおかしなところは見受けられない。

ただし一点を除いては——。

「あっ……！」

朱里は思わず口を手で覆った。火炎宝珠に剣が三本描かれた、特殊な紋様が目に飛び込んでくる。見紛うはずもない、朱里もほとんど同じ物を持っている。

これは——紅蓮野家が独自に編み出した字図符だ。

「呪符を他家の者に拾われるなど、間抜けな退魔士だ。元々、目論見通りにいけば御の字だ、とでも軽く思っていたのだろう。しかし妻は死んだ。奴らは自らが引き起こした事の重大さに、よほど慌てていたと見える」

さっと血の気が引いていくのを感じる。肩の震えを止めることができない。

「な、ならば……件の退魔士は、紅蓮野家の者……なのですか」

朱里の動揺を感じ取ったのだろう、朔太郎は情けをかけるように付け加える。

「まぁ、少なくとも本家の人間ではないだろうがな。それに妻が青梅の者だと分かった上でしたことでもあるまい。だがこれで私の言いたいことは分かっただろう。青梅と紅蓮野、千年の因縁だのという話ではない。分家筋とて紅蓮野は紅蓮野。紛うかたなき、妻の憎き仇だ……！」

段々と、朔太郎の語調が荒くなる。彼の手の中で古い呪符がぐしゃりと潰れた。

「貴様が妻のみならず、清司郎にも手を出そうとするなら――私は容赦しない」

朔太郎は朱里に向き直った。足を広げ、土を強く踏み、動かざる山のように立ちはだかっている。朱里はこの場から逃げ出したくなるのをなんとか堪えた。

「御母堂の仇が紅蓮野の者であることを……清司郎さまは」

おそらく知らないのだろう。彼は青梅と紅蓮野の和解を願ってはいるが、さすがに直接の母の仇である血筋の娘と、偽りだとしても婚約は結ぶまい。

しかし朔太郎は苦虫を嚙みつぶしたような表情を浮かべた。

「もちろん、知っている。故にいくら息子なりの理想があれど……紅蓮野の娘と婚約などと、私も理解に苦しんでいる」

思いがけない言葉に朱里ははっと瞬いた。

清司郎も――知っている？　紅蓮野家が母の仇であることを？

「あ、あぁ……」

胸の内に嵐が吹き荒れる。まるで地面がぬかるんだかのように、足が震えてうまく立つことが難しい。

朱里は幻影男爵を青梅家の者だと決めてかかり、無心に仇を取ろうとしていた。

清司郎は紅蓮野家に縁のある者が仇と知っていてもなお、朱里を選んだ。

――過去の悲劇を繰り返さないために。これからの未来のために。

「……っ」

胸の辺りが締め付けられ、息苦しさに朱里は喘いだ。清司郎と比べるべくもない、我が身の愚かさを恥じ入る。

――『どうして……清司郎さまはそこまで私を信じられるのですか？』――

朱里には分からなかった、それがどうしても。

だがあの夜の清司郎の言葉が、力強く甦る。

――『貴女は――清く正しく、澄み切った心をお持ちだ』――

本当に？　そうなのだろうか。朱里には分からない。

こんな朱里でも清司郎は手を取ってくれた。少なくとも、理想を叶えるための――『伴侶』として選んでくれた。

そして――『貴女が好きだからです』と言う告白が、脳裏を過る。

「清司郎、さま――」

彼の名を呼んだ瞬間、ふと胸の中の嵐が止んだ。

山を吹き抜ける涼風が、嘘のように心の靄を取り去っていく。視界までもが晴れて、広がり、澄み渡っていく。

瞼を閉じ、大きく一つ呼吸をする。不思議と息苦しさが消え、決意が固まる。

再び目を開けた朱里は、真っ直ぐ朔太郎を見据えた。

「ご当主様に申し上げたいことがあります」

先ほどまでとは打って変わって、声に力が入る。

今から真実を打ち明けよう、と決心した。朱里と清司郎の関係、そして自分の本心を。

朱里の独断なので、清司郎には申し訳も立たない。それにこんなことを話せば、朔太郎には斬り捨てられても不思議ではない。

だが清司郎は自分の理想に命を賭けている。あの夜に手渡された銀の弾丸が証明している。

少しでもいい、彼と並び立つのに不足のない人間になりたい、と願った。

「私と清司郎さまは本当の婚約者ではありません。家同士の結びつきもなければ、恋愛結婚でもない。清司郎さまは私と婚約することによって、青梅家と紅蓮野家の和解を、ひいては退魔士同士のわだかまりを払拭しようとしているのです」

あの夜、サンルームで清司郎が語ったことを朱里はそのまま朔太郎に伝えた。

「知っている」

すげなく言われ、朱里はなんとなく腑に落ちるのを感じた。

朱里との婚約を朔太郎に了承させる際、清司郎は己の目的と手段を語ったはずだ。おそらくは朱里とは『利害関係の一致』で婚約すると告げたことも。全てを打ち明けねば、朔太郎を納得させるのは難しいだろうから。

「己の母に起きた悲劇を繰り返したくはない、だから紅蓮野の娘と婚約する、と。やめろと言っても頑として聞かぬ。結局は私の方が折れざるを得なかった。まったくあの頑固さは間違いなく妻譲りだ」

朱里が清司郎とともに挨拶する前――二時間ほど空いた間に、清司郎はなんとか朔太郎を説得したに違いない。そして朔太郎は息子に亡き妻の面影を見て、絆されたのだ。

「正直に申し上げますと……私には清司郎さまのような志はありません。最初、青梅家の方と知らず清司郎さまに近づいたのも、陸軍の軍人であれば幻影男爵の情報を引き出せると思ったから。婚約の話を受けたのも、青梅家を探るのに利用するためです」

けれど、と朱里は言葉を繋げる。

「清司郎さまの過去を知り、ご当主様の言葉を聞いた、今となっては――私は清司郎さまの理想を是とし、その覚悟を最後まで見届けたい」

朔太郎はあからさまに侮蔑の眼差しを向けた。

「それも私や息子を利用するための方便でないと、証立てられるか？」

「いいえ……。自分でも都合のいい言葉だと、思います」

どうしても声が尻すぼみになってしまう。

「申し訳ありません。それでも……これが今の私の本心なのです」

証明どころか言い訳にもなっていない――あまりにも弱々しい言葉だった。

目の前の青梅家当主はどんどんと表情を険しくしていく。

朔太郎の怒りを買えば、無傷ではいられまい。妻を失った朔太郎に遺された家族は清司郎だけだ。息子の命を脅かしかねない毒虫を取り除かない理由などないのだから。

せめてもっと口が立てばと思う。だがそうでないことは自分がよく分かっている。

だから、朱里は愚直に頭を下げた。

「切にお願い申し上げます、今しばらく、私を清司郎さまの婚約者でいさせてください」

朱里は重ね合わせた両手を強く握り合わせ、ぎゅっと目を瞑った。

瞼の裏に浮かんだのは、父と母、要、そらや七五三野――そして清司郎の顔だった。

やがて――。

「顔を上げろ」

溜息交じりの言葉に、朱里ははっとして顔を上げた。朔太郎は見るもの全てを切り裂くようだった視線を今は遠くに投げかけている。

彼は再び墓石に向き直った。

「今の言葉――。亡くなった私の妻に誓えるか」

清司郎が同じような言葉を淀みなく言っていたのを思い出す。二人の口調は似ていて、親子なのだなと場違いな感慨に耽る。

「はい。清司郎さまのお母様にも――そして、私の死んだ母にも誓います」

自分で言ってみて気づく。大切な人、それも故人に誓いを立てるということは、こんなにも重いものなのかと。舌の上に痺れが走るほどに痛いものなのかと。

「ならば、必ず夜会には出席しろ。誓いを立てたのなら、次は覚悟を見せろ」

「それは清司郎さまとの婚約を公表することですか？」

なんとなく朔太郎の言葉に含みを感じ、朱里は加えて尋ねる。

しかし朔太郎は問いに対して、是とも非ともしなかった。代わりに質問で返してくる。

「お前は本当に分かっていないのか」

「え――？」

朱里がぽかんとしているのに、朔太郎は深々と溜息をついた。

「そうか。所詮、人間の頭は都合のいいことしか理解しようとしないのだな」

不可解な言葉に朱里は朔太郎をまじまじと見た。しかし言葉の真意は掴めない。

唐突に、朔太郎は虚空を仰いだ。そして肺腑の最奥から息を吐くと、北側の深い森の方へ向かって言い放った。

「そんなところに隠れていないで出てきたらどうだ」

ちょうど朔太郎の視線の先、森から二つの人影が現れた。

表情を強張らせている清司郎と、その背後に影の如く付き従っている七五三野だった。

まったく気づかなかった、と朱里は目を瞠る。

清司郎は朔太郎を見据えている。実の父に向けるとは思えない、厳しい表情だ。

「……父上、本気で朱里さんを夜会に出席させるおつもりですか」

「あぁ、それが道理というものだろう。それにその娘がいた方が何かと都合がいい」

「そんな言い方は……！」

清司郎の肩が小刻みに震える。

「俺は反対です。それは……それは、あまりにも」

しかし清司郎の言葉を待たず、朔太郎はさっと踵を返した。話し合う気などないと言わんばかりに。清司郎は焦ったように朔太郎の背へ呼びかける。

「父上！」

朔太郎は足を止め、振り返らずにそのまま語る。

「清司郎、お前もだ。理想を語るなら、覚悟を見せろ。誰も彼もが無傷のままいられるなどと、ゆめゆめ思うな」

それだけを言うと、朔太郎はさっさと山を下っていってしまう。その姿が見えなくなってから、清司郎は深い溜息をついた。その表情は物憂げに沈んでいる。

朱里は清司郎に歩み寄った。

「清司郎さま、いつの間に……？」

「すみません。呼び出されたにもかかわらず、部屋に父は不在で。七五三野から父と貴女が裏山に行ったと聞き、いてもたってもいられず」

清司郎は朱里を、頭の天辺から足の先までをつぶさに見た。まるで宝物に傷がついていないか確かめるような視線に、むず痒さを覚える。

「良かった、ご無事で。父が貴女に危害を加えるようなら止めるつもりでした。いや、正確には、俺はすぐにでも止めたかったのですが、涼介が……」

「旦那様と朱里さんの話、聞いておいて損はなかったでしょう？」

頭の後ろで手を組んで、七五三野がしれっと言う。清司郎はばつが悪そうに目を伏せた。

「申し訳ありません、盗み聞きをするような形になってしまって」

「……いえ」

朔太郎に語ったのは嘘偽りのない本心だ。けれど当の清司郎を目の前にして、うまく言葉にできたかどうかは分からない。きっと羞恥心が盛大に邪魔をしたことだろう。

「あれで良かったと、私は思っています」

朱里が頷くと、清司郎は固い物でも呑み込むかのように、ぐっと喉を詰まらせた。

「ありがとうございます、朱里さん。俺は……必ずや、貴女の言葉に応えてみせます」

相も変わらず真っ直ぐな物言いに、言われたこちらが恥ずかしくなる。それを誤魔化すべく視線を彷徨わせていると、清司郎の左拳から血が滴っているのに気づいた。

「左手……。怪我をされているのですか？」

朱里が尋ねると、清司郎は今気づいたらしく、ゆっくりと自分の手を広げた。手の平に爪のあとがくっきりとついており、皮膚が裂けて血がついていた。それを見て、七五三野が「ああ」と得心したように言う。

「すぐにでも朱里さんのところへ飛びださんばかりでしたからね。よっぽど強く握って、我慢していたんでしょうよ」

「いえ、これは……その」

気まずそうな清司郎に、朱里は袂からハンケチを取り出した。

「止血をしておきましょう。お屋敷に帰ってから、ちゃんとした治療を受けてください」

「いや、お構いなく。貴女の持ち物が汚れてしまいます。俺は人狼の血を引いているので、この程度の傷は……」

清司郎が手を引っ込めそうになったので、朱里は駄々をこねる幼子をたしなめるように、ぴしゃりと言った。

「傷が治る前に、黴菌《ばいきん》が入ったらどうするのです。さぁ、手を貸してください」

「は、はい」

観念した清司郎の手を取り、ハンケチを包帯代わりに巻き付ける。痛々しい傷だが、何故か朱里にはとても尊いものに思えた。まるで菩薩像を前に何もかも赦されているような心地になる。己の弱味も、邪知も、愚昧《ぐまい》も蒙昧《もうまい》も――全て受け入れられているような。

そんな都合のいいことを考えてしまう自分に、ほとほと嫌気が差す。

――簡単に、大切な人の仇を赦せるはずもないことは、身に染みて知っているのに。

唐突に、ぽたり、と清司郎の手に一つ、雫が落ちた。

最初は雨でも降ってきたのかと思った。が、違った。気づけば、涙が溢れて止まらなくなっていた。手当てが終わっても、清司郎の手を縋るように摑んで、放すことができない。

「朱里さん……？」

困惑気味で清司郎に呼ばれる。その声色は常のように優しく、それだけで駄目だった。

「わ、私……。わたし、は」

涙に震える声で、朱里は途切れ途切れに言う。

「な、なにも、知らずに。貴方の……御母堂の仇、が──紅蓮野家の者で、あることも」

朔太郎が持っていた紅蓮野家の呪符が脳裏に浮かぶ。あれこそ確たる証拠というものだ。

そして清司郎が母の仇の正体を知っていたなどと。それが正真正銘、紅蓮野家に繋がる者であるなどと──朱里は夢にも思わなかったのだ。

「わ、私は、怪人が、青梅の者であると、決めつけて。貴方が、青梅家が、悪いのだと……それればかり。酷いことばかり言って。なのに、なんで──」

たまらず、ぎゅっと目を瞑る。滂沱《ぼうだ》と涙が溢れ、朱里の頬をしとどに濡らす。

「ごめん、なさい……。清司郎さま、ごめんなさい、ごめんなさい……!」

胸に鉛を流し込まれたように苦しい。しばらく喘ぐような朱里の嗚咽だけが辺りに響く。

ややあって、清司郎は静かに答えた。

「確かに母の仇は紅蓮野家に連なる者です。しかし朱里さん、貴女ではありません」

穏やかな声が甘い毒のように全身に沁みていく。その心地よさに身を委ねたいと願う弱さは、しかし朱里自身の矜持が許さなかった。

「あ、貴方は。いつも……いつも、そんなことばかり言って!」

怒る権利など微塵もないのに、気がつけば朱里は叫んでいた。握った清司郎の手に力を込めるところだったが、怪我のことを思い出して留まる。けれど言葉は止まらない。

「辛いのに笑ってばかり、自分のことを後回しにして他人のことばかり。七五三野さまの仰っていたことがよく分かりました。私も大嫌いです、貴方のそういうところ！」

「え……え？」

戸惑う清司郎を見て、七五三野が「いいですね、言ってやってくださいよ」と野次を飛ばす。乗せられたわけではなかったが、朱里はさらに言い募った。

「たとえ皆が貴方を赦しても、貴方だけは貴方を赦さないのでしょう？　ずっとそうして生きていくおつもりですか？」

詰問を受け、清司郎は困ったような微笑を浮かべた。

「それは……そういう性分なのかもしれません。面目ない」

「面目ないとかじゃありません。そんなことはおやめなさいと申し上げているのです」

ぴしゃりと叱ると、清司郎は目を白黒させて「す、すみません」と謝ってくる。別に謝罪が欲しいわけではない。

「わ、私が言えた義理ではありませんが、そんなことを続けていたら、いつか折れてしまいます。貴方が折れてしまったら、私は、だ、誰と怪人を追えばいいのですか。誰と婚約者を演じればいいのです」

「朱里さん……」

朱里は清司郎から離れ、両の手の甲で乱暴に涙を拭った。そうして真っ赤に泣き腫らした目で再び清司郎を正面から見つめる。

「──私、夜会に出席します」

　すると清司郎がはっとして眉を顰めた。表情が途端に険しくなる。

「朱里さん、そればかりはいけません」

「いいえ、出ます。婚約を公表することぐらいなんですか。痛くも痒くもありません」

「駄目です。分かってください、貴女のためなのです」

　頑なな清司郎に、朱里は細い息を吐いた。

「分かっています……。婚約のことだけではない。きっとそれ以上に、貴方が私を出席させまいという何かがあるのでしょう？」

　清司郎は驚きに目を瞠っていたが、朝餉での彼の様子を見ていれば察せられる。清司郎と一緒にいた時間はまだ短いけれど、それぐらいは分かる。分かってしまうのだ。

　きっとその『何か』から清司郎は朱里を遠ざけようとしている。朱里を守るために。

「清司郎さまは、また何もかもご自分だけで背負い込んでしまうおつもりなのでしょう。私、そんなのは嫌。貴方に守られるために婚約して、手を組んだのではありません」

　朱里は再び清司郎の手を取った。せめて少しでも自分の思いが伝わるよう。祈るように。

「覚悟はできています。お願い、私も闘いたいのです」

　清司郎は瞑目し、それからゆるゆると首を振った。

「そう……その通りですね。覚悟が決まっていなかったのは俺の方だったようです」

「では……！」

目を輝かせる朱里に、清司郎は大きく頷いた。

「今日の夜会、俺と一緒に出席してくれますか?」

「はい……はい、もちろんです」

「ありがとうございます。ただし、まだ貴女に詳細をお伝えできないのです。これは陸軍も関わっていることなので」

「危険が伴う、ということでもあるのですね」

「それは、あるかもしれないし、ないかもしれない、としか。ただ荒事になった場合、俺は任務を遂行します。上官から作戦指揮を任されたので、時として……貴女よりも優先しなければならない」

「もちろん承知しています。申し上げたでしょう、私は貴方に守られるためにここにいるのではないのですから。自分の身くらいは自分で守ります」

思えば朱里は彼と出会ってこの方、幻影男爵を含む妖魔と対峙する場面で、清司郎に救われてばかりだった。とんだ傲慢だと羞恥心が湧き上がるが、ここは大口を叩いておくことにする。

「ええ、そうでしたね。信頼しています」

そう言われて、朱里は初めて清司郎の隣に立てたような心持ちがした。

「……ありがとうございます、清司郎さま」

嬉しくて、自然と目元が緩むのを感じていると、ふと頭上から清司郎の小さな呻き声が聞こえた。朱里ははっとして清司郎の手を放す。

「すみません、痛みましたか？」

「いえ、その……朱里さん、間近でそんな顔は……あまりにも」

「顔？」

そんなに妙な表情をしていただろうか、と頬に手を当てる。清司郎は見てはいけないもののように目を逸らしていた。あと眦が妙に赤い。

「あー、なんか馬鹿らしくなってきたなぁ……」

そんなぼやきと共に、傍らから七五三野の盛大な嘆息が聞こえた。


星の光を撥ねのけるように電灯が皓々と辺りを照らしていた。

自動車を降りた朱里は目の前の豪奢な建物を見て、感嘆の吐息を漏らす。

場所は日比谷《ひびや》。宮城の濠に面した一角に、真新しいルネサンス様式の建物があった。ここ、帝國會館《ていこくかいかん》は『世界に誇れる民間の社交場』として近年話題となっている。

「参りましょう、朱里さん」

隣に立つ清司郎に促され、朱里は西洋風手提げ袋《ハンドバッグ》の持ち手を握り直した。

朱里はそらが用意したドレスを、清司郎は仕立てたばかりの燕尾服を着ている。場所や時間のせいだろうか、清司郎の洋装は以前よりもさらに見栄えしていて、直視するのを躊躇う。

そんな朱里の胸中を知ってか知らでか、清司郎は颯爽と帝國會舘の玄関に入った。赤い絨毯が敷き詰められた床と、輝くシャンデリアに目が眩む。

「近々、ここでさる男爵家の結婚披露宴が行われるとか」

「ああ……。最近流行している、式の後で行われる宴会のことですね」

こういったところで披露宴を行うのが上流階級の証なのだという。すると警護役としてついてきている七五三野がにやりと笑った。

「つまり若は朱里さんと結婚する暁には、大々的にお披露目したいというわけですか」

「誰がそんなことを言った。ただの世間話だ」

「ふうん。で、朱里さんはどうなんです？」

思わぬ飛び火に朱里は面食らったが、宴会場へと続く大階段を上っているうちに、なんだか気分が高揚してきてしまう。

「大勢の人に祝福してもらえるなら嬉しいことではないでしょうか。お客様も楽しめるのなら尚更。けど、自分が……となると、すごく緊張してしまいそう」

すると清司郎と七五三野が互いに顔を見合わせた。七五三野が慇懃に頭を下げる。

「若、ご結婚おめでとうございます」

「いや……いや、待て、違う。早合点だ」

「そ、そうです。あくまでも一般論ですっ」

今更、羞恥心が襲ってくる。どうやらこの優美な建物の雰囲気にあてられていたようだ。

朱里がきっぱり否定すると、七五三野はきょとんとした後、清司郎に手を差し出した。

「じゃ、ご祝儀返してください」

「もらった覚えはない」

ぱしっと羽虫を払うようにして、清司郎は七五三野の手を叩いた。普段通りの彼らのやりとりを見ていると、幾分緊張が和らいでくる。ここにそらがいればもっと安心できただろうが、彼女は青梅家に残っている。

これから何が起こるか分からない。そらを危険にさらすわけにはいかないのだ。緩みかけた気を引き締めるために、朱里はきゅっと唇を噛み締めた。

「朱里さん」

清司郎に声を掛けられ、朱里は隣を振り向く。その目は真剣に朱里を見つめていた。黒狼の血を引いているからだろうか、清司郎の瞳は月のない夜の湖面のように黒く、そして今は静かに凪いでいる。

「ご心配なさらず。貴方は貴方の使命を全うしてください」

「はい、心得ています」

朱里はそっと清司郎の腕に手を添える。夜会に参加する男女はそのようにするのだとそらから作法を教わっていた。清司郎は少し肩を強張らせたが、やがて一つ大きく頷いた。

――宴会場にはたくさんの人がいた。

一際大きなシャンデリアの下、着飾った人々が思い思いに歓談している。ざっと五十名はくだらないだろうか。皆、卓《テーブル》に着き、夜会の開始を待っている。朱里は清司郎に導かれ、自分の席へと腰掛けた。

すぐに夜会が始まった。万雷の拍手と共に、宴会場の壇上に中年男性が登場し、よく通る声で挨拶をし始めた。

「彼が俺の叔父です。葵勇次郎を名乗っています」

勇次郎はなるほど、商会を経営しているだけあって潑剌とした雰囲気だった。意志の強そうな眉に彫りの深い顔立ち、きらきらと光り輝く双眸が目を引いた。同じ卓につく朔太郎を見ると、黙って俯いている。正反対の兄弟だ。

挨拶の間、朱里は他の招待客を眺めた。大体は洋装だが、中には着物姿の者もいる。大抵が鋭く周囲に視線を巡らせていて、朱里も何度か目が合ってしまう。男女の比率で言うと極端に女性が少ない。きっと軍人がたくさん紛れ込んでいるのだろうと、想像が付く。

叔父の方を見つめながら、清司郎が言った。

「あまり探らない方が良いです。他家の者もいますから」

「他家……。退魔士の？」

「ええ。叔父も青梅の者ですから、自然、退魔士の関係者が多くなるのです。現存する家もありますが、経済的に立ちゆかなくなり、爵位返上したところがほとんどです。叔父はそういった者を会社で積極的に救済しているのです」

野に身を落とした退魔士華族の末路、といったところか。どうしても他人事には思えなかった。

脳裏に浮かぶのは、父の顔だ。父は今、表面だけを飾った、あの古い武家屋敷でどうしているだろうか。

着慣れないドレスのせいだけではなく、ぎゅっと胸の辺りが締め付けられる。

唐突に、父に会いたいと思った。

会って、話がしたい。母のこと、青梅家のこと、退魔士の将来のことを。うまく話せるかどうか分からないけれど、今よりもっとよい未来を父と要と歩みたい。亡くなった母が安心できるような、そんな未来を。

勇次郎の挨拶が終わり、晩餐会が始まる。巴里《パリ》で修行を積んだというシェフが作った料理は味も見た目も華やかだ。しかしこの後には婚約の報告が控えているという緊張感で、うまく味わうことができない。父と要のことを思ったからか、彼らを差し置いてこんな優雅な食事をしていていいのか、という罪悪感もあった。

「大丈夫ですか?」

清司郎が朱里を気遣わしげに覗き込む。朱里が口を開こうとした瞬間、清司郎の背がばしっと勢いよく叩かれた。

「はっはっは、久しぶりだな、清《きよ》坊。元気にしていたか?」

先ほどまで挨拶の口上を述べていた快活な声が、すぐそばで呵々《かか》大笑《たいしょう》するのが聞こえる。

清司郎の叔父、朔太郎の弟である勇次郎だ。清司郎は珍しく拗ねたように眉根を寄せた。

「叔父上、その呼び方はよしてください」

「すまんすまん、つい癖でな。何せお前が赤ん坊の頃から見ているもんだから。あれはいつだったか、お前が庭の百日紅《さるすべり》に登ろうとして……」

「そ、その話はやめましょう、叔父上」

「ん？　ああ、そうだな。お前の恥ずかしい昔話など野暮だった。何せ、今夜は麗しの婚約者が一緒なんだからな」

勇次郎は人好きのする笑顔を朱里に向けた。

「はじめまして、お嬢さん。私は葵勇次郎、清司郎の叔父です」

気取った仕草で頭を下げる勇次郎は、どこか憎めない。朱里は席を立ち、ドレスの両裾をたどたどしくつまんだ。

「はじめまして、勇次郎さま。朱里と申します」

「本日はご出席、誠にありがとう。朱里さんのお噂はかねがね聞いておりますよ」

朱里のことは――紅蓮野家の娘だということも含めて――全て聞いているのだろう。けれど勇次郎の態度に敵意はない。

「しかし、あの清坊が婚約とは。堅物の兄上がよく許したもんだなぁ」

「勇次郎、お前は相変わらず騒がしい……」

朔太郎がげんなりと言うのに、勇次郎はまた大きな口を開けて笑う。勇次郎には事業家らしく求心力があり、家族の輪の中に入っても笑顔を絶やさない。朔太郎が月なら、勇次郎は太陽といったところか。退魔士の家では家督争いなどもよくあるが、清司郎も含め、彼らに限っては良好な関係だということがすぐ分かった。

勇次郎は再び朱里の方に向き直る。

「もう少ししたら朱里さんを我が甥の婚約者として、皆さんにご紹介してもよろしいかな？　何、心配はいりません。貴女の未来の夫たる清司郎が上手くやってくれるでしょう。こう見えて頼りがいのある男ですから。なぁ？」

再び清司郎の背を叩く勇次郎に、朱里は引きつった笑みを返した。婚約を発表するのは構わないが、人前に出ること自体にそもそも勇気が要る。

朱里の緊張を察したのだろう、清司郎は叔父から視線を外し、こちらを見つめた。

「俺が表に立ちますから。朱里さんはただ隣にいてくださるだけで大丈夫です」

涼やかな目元が柔和に細められている。本当にそれだけで満ち足りているような表情と口調に、朱里は思わず見入ってしまった。

いくら言葉で好きと言われても実感が湧かなかったのに、何故かあれは清司郎の嘘偽りのない心なのだと――よりにもよって今、気づいてしまう。

返答に窮す朱里に、清司郎が首を捻る。そこへ勇次郎の豪快な笑い声が割り入った。

「おやおや、私の心配なぞ不要だったようだ。さすがは十年前からの縁。清司郎、よくぞ『寒緋桜の君』を見つけ出した、天晴れ天晴れ！」

「お、叔父上……！」

途端、清司郎が目に見えて狼狽した。

寒緋桜の君、という言い回しには聞き覚えがあった。確かそらから聞いたのだ。

清司郎の初恋の相手で、幼少の頃に出会い、ずっと想っていたという——。

「寒緋桜……」

朱里の脳裏に閃く光景があった。

あれはちょうど六歳の頃だったか。父に連れられ、最初で最後の『清庭の会』に出席した時だ。青梅家の者に出会い、家紋だけが目に焼き付いていた。そして記憶は青梅が母の仇だという憎しみに支配されていた。

けれど、その前にとある少年と話していたのを思い出した。

宮城の、寒緋桜の下で。

何を話したのかはあまり定かではない。しかし確かに見た、あの時の少年には黒い尻尾が——狼の尻尾が生えていた。

そして、開口一番言われた言葉が甦る。

——『君は……もしや、桜の精……？』——

それから清司郎に言われた言葉も。

——『最初……桜の精かと思ったのです』——

「あっ……！」

朱里が声を上げるのに、清司郎がぎょっと目を剝いた。額に汗まで浮かんでいる。その反応に朱里は確信を得て、たまらず清司郎の腕に縋った。

「清司郎さまは……貴方は、まさか――」

――その刹那、会場が暗闇に呑まれた。

ざわっと客のどよめきが聞こえた次の瞬間、金属が千切れるような甲高い音が響いた。

朱里は目の前をきらりと通り過ぎた硝子の破片を見て、素早く頭上を仰いだ。窓から差し込む月光を弾きながら、シャンデリアがゆっくりと落下する様が見えた。その真下にいる客達はしきりに辺りを見回すばかりだ。朱里は悲鳴のような叫びを上げた。

「逃げてッ！」

客達が何事かと朱里を振り返る。警告虚しく、シャンデリアは卓の上に落ちた。

耳を聾する大音声が広がり、硝子の破片が雨あられのごとく降り注いだ。破壊されたシャンデリアは卓ごと客を呑み込んでいる。あまりのことに朱里は動くこともできない。

「あ、あれは……！」

客の一人が窓を指差す。電気が消え、月明かりだけが照らす外の庭に、くっきりと浮かび上がる影があった。それは幻か――。答えは否、だ。

「幻影男爵……」

朱里は戦慄を込めて、その名を口にする。

途端、傍らの清司郎が素早く立ち上がった。

「近くの者は怪我人の救出を！　残りの者は作戦を開始しろ！」

号令一下、無事だった者が一斉に動き出した。あまりにも統率が取れている行動に、朱里はこの場にいたほとんどが軍人なのだと悟る。

ぱっと明るい光源がなんの前触れもなく生まれた。見ると、大きな探照灯が会場の奥から窓を照らし出している。

黒い襤褸を纏った、細長い体軀の怪人が浮かびあがった。

幻影男爵は窓枠に手をかけ、朱里達を睥睨していた。そこから梁、他の電灯など手がかりを見つけては飛び移る。その度に探照灯の光が追いかけるが、幻影男爵の動きが速すぎて用を為していない。丸い光の輪を外れた怪人が、もう一つのシャンデリアに飛び移るのが見えた。朱里は総毛立つ。またシャンデリアを落とされたら――。

「――結界、張れ！」

清司郎の命令が飛ぶや否や、シャンデリアを中心に相当な呪力が注ぎ込まれるのを肌で感じる。怪人は素早くその場を離れようとしたが、見えない壁――結界に阻まれて体を強かに打ち付け、なんとかシャンデリアにしがみ付いた。

ついに捕らえたのだ、影幻と謳われた怪人を。

あれだけ強固な結界に閉じ込められれば、霧に変化しようと意味がない。今や籠の中の鳥となった幻影男爵を見て、朱里は心の臓が跳ね上がるのを感じる。

いつの間にか清司郎の傍らに七五三野が立っていた。油断なく幻影男爵を見据えながら、彼は清司郎に告げる。

「捕縛、完了しました。作戦終了です」

「いや、まだだ。自決されては敵わない。結界ごと下ろして、完全に捕らえる」

今、彼らは軍人の顔をしていた。情けや容赦は必要としない、確固たる意志のようなものを感じる。

朱里は改めて幻影男爵を見つめた。脳裏に甦るのは日本橋で聞いた言葉、そして怪人が流していた涙だ。

――『だ、れも、いない――どこか、とおくへ』――

その意味を知らなければならない気がした。どうしても。

気がつくと朱里は駆け出していた。清司郎の脇をすり抜け、軍人達の間を縫うようにして、幻影男爵が囚われているシャンデリアの真下に辿り着く。

「あなたは……誰なの!?」

シャンデリアの陰に隠れ、みじろぎ一つしなかった怪人が、ぴくりと肩を跳ね上げる。

「何故、私の名前を知っていたの？　どうして、あんな……遠くへ、だなんて」

怪人は答えない。必死に見上げる朱里の肩に、大きな手がかけられた。清司郎は沈痛に目を伏せている。

「朱里さん。俺は……見たのです。日本橋で、あの怪人の手を」

「手……？」

「傷がありました。特徴的な井の字の傷が。彼は……彼の正体は――」

瞬間、硝子がパリンと砕けるような音が響いた。

頭上の結界を編み上げていた呪術が意味のないものに分解されていく。

どうして、と脳裏を疑問が掠めた。

結界とは元来、内を守る壁だ。つまり外からの攻撃に強い。

だが今は、幻影男爵を閉じ込めるための檻として使われている。内と外の強度を反転させた作りになっているはず。

幻影男爵がいかに強力な呪術を用いようと破れない。

結界の外から援護でも受けない限り。

――この中に、怪人の協力者がいる？

疑念が広がり、周囲がざわつき始める。清司郎が声を張り上げた。

「落ち着け、持ち場を遵守しろ。結界を再度――」

命令が終わらぬうちに、金属が激しく擦れる嫌な音がした。幻影男爵がシャンデリアの鎖を切り、再び落下させたのだ。

「えっ……」

自身の眼前に迫る質量の塊に、朱里は呆けた声を上げるしかない。

周囲には結界を張っていた軍に所属する退魔士達も集まっていた。このままでは多大な犠牲が出る。清司郎が焦燥を滲ませ、叫んだ。

「総員、退避――！」

彼は朱里の腕を摑もうとする。だがそれよりも早く、影が——朱里を攫った。

気がつけば、朱里は幻影男爵の腕の中にいた。怒濤の展開に頭が追いつかない。そうしている間に幻影男爵は会場の窓を割って、外へ逃走した。

「きゃっ……」

窓硝子の破片が月光を弾いて舞い散る。幻影男爵は黒い襤褸で朱里を覆い、破片から庇った。遠く、会場から誰かが朱里の名を呼ぶ。が、舌を嚙みそうで応じることができない。

そのまま怪人の腕の中、疾風の如く夜を駆ける。冷たい夜風が肌に痛い。

建物の外には人どころか、猫の子一匹見当たらない。建物の裏手の濠沿いを、幻影男爵は影となって進んでいく。夜にたゆたう濠の水は黒く、どこまでも底が見えない。

かくなる上は朱里自らが怪人を捕らえるしかないが、手足の自由が利かない上、攻撃の意思を見せた瞬間、反撃されるのは目に見えていた。

救いを求めるように、朱里は頭上を見上げた。すると、ぽっかりと浮かんだ月を一匹の八咫烏が横切るのが見えた。それからこちらを追いかけてくる足音がする。人ではない、地面を蹴って走る、獣の足だ。なんとか襤褸から顔を出すと、夜に溶けるような黒い毛並みの狼が猛烈な勢いで追いかけてくる。

「清司郎さま……！」

朱里を抱えた幻影男爵の腕がぴくりと震えた気がした。

やがて宮城の馬場《ばば》先門《さきもん》跡が見えてくる。左手には日比谷公園から大手門に続く、凱旋道路があった。幻影男爵はそこで何故か足を止めた。

地面にそっと下ろされ、呆然とする。目の前にはゆらめく影のような怪人が立っている。そしてその遠く背後に、もう一つの人影があった。

誰だ——。

朱里が目を凝らしたその刹那、獰猛な獣の唸りが脇を通り過ぎた。

大きな黒狼が走ってきた勢いそのまま、幻影男爵に飛びかかった。が、見えない壁に弾かれ、鋭い爪は幻影男爵に届かない。いつの間にか何者かが張った結界の中にいたらしい。

黒狼は弾かれた勢いを殺すように空中で回転し、人の姿——燕尾服を着た清司郎の姿に戻った。片膝をつき、唇から垂れた血を乱暴に手の甲で拭っている。結界にぶつかった時、唇を切ったようだった。

「清司郎さま！」

結界内からならば簡単に外に出られる。彼に駆け寄ろうとした朱里はしかし、再び幻影男爵の腕に抱えられ、拘束される。その膂力はすさまじく、女の細腕ではほどけそうにない。思わず怪人を睨み付けた朱里だったが、口から覗く鋭い牙を見て、息を呑む。

「駄目です、若。結界が半球状に辺りを覆ってます」

空から八咫烏が降りてきて、軍服姿の七五三野に変化した。清司郎は立ち上がり、血が混じった唾を吐き捨てた。

「逃げられないよう、包囲せよと命じろ。ここは俺がどうにかする」

「……了解。くれぐれも無茶はせんでくださいよ」

再び八咫烏の姿になり、七五三野は帝國會舘の方向に戻っていく。

夜会であんな騒ぎがあったとは思えないほど、辺りは静寂で満ちている。

朱里は幻影男爵の手によって、無理矢理前を向かされた。

そして――そこにいたもう一人の人物によって、言葉を失う。

「……ぁ――」

見覚えのある、否、そんな言葉では表現できないほど、見てきた背中だった。どんな暗がりであろうと、見間違えるはずがない。

その人物はゆっくりと振り返る。そうして真実を知らしめるが如く、口を開いた。

「――息災だったか、朱里」

紅蓮野家の現当主・紅蓮野眞源――他でもない、朱里の父がそこに立っていた。

「あ、あぁ……」

全身から力が抜ける。膝から頽れそうになるのを、幻影男爵の手が支えた。そのぬくもりに朱里は気づいた。気づいてしまった。

――怪人の特徴や声が分からなかったか、と清司郎に問われたことを思い出す。

朔太郎も言っていた、人間の頭は都合のいいことしか理解しようとしない――と。

幻影男爵の顔や声が分からなかったのは、幻惑でもなんでもない。

朱里には、朱里だけには理解できなかった。否、理解したくなかったのだ、断固として。

「朱里、さま……」

今ならその声がはっきりと聞き取れる。

「申し訳ございません……」

今ならその顔がはっきりと見える。

頭に覆い被さる襤褸を脱いだのは。朱里を切なげに見つめるのは——。

「か、なめ——」

外気が一段と冷たさを増した。歯の根が合わず、朱里はかたかたと全身を震わせる。

「……朱里さん、気を確かに。必ず俺がなんとかしますから」

結界の外では、清司郎が苦々しげに中の様子を睨んでいる。

——ああ、そうか。だから彼は朱里が夜会に出席することを頑なに拒んでいたのだ。朱里を残酷な真実から遠ざけるために。

「お、父様……」

朱里は必死に乱れた息を整えた。震える奥歯を強く噛み締め、無理にでも父を見る。

「お父様が全て仕組まれていたのですか……？」

望みはなかった。これはただの確認だ。眞源は神妙に頷いてみせた。

「左様、怪人の正体はこの要。指図は私がした。本来ならばもっと怪人の名を世に知らしめる必要があったが……仕損じた女のせいで、お前に事情を明かさねばならなくなった」

幻影男爵が仕損じた女とは、玉萩花魁のことだろう。幸いなことに玉萩花魁は快復し、警察や陸軍による事情聴取がされようとしている。だがそれは眞源にとっては——禍《わざわい》であった。

次いで、朱里は震える視線を要に向ける。

「あなたは、妖魔……吸血鬼だったの？」

あれだけ一緒にいて少しも気づかないなんておかしい。要は消え入りそうな声で語る。

「私は……半人半妖の孤児でした。母のくれた首飾り——術のかかった護石があればこそ、隠しおおせていたのです」

「これがそうだ」

父が懐から何かを取り出した。要がいつもつけていた、紅玉の首飾りだった。

つぶさにそれを見ていた朱里は、はっとした。要の吸血衝動を抑える護石が今、眞源の手の内にあるということは。

「まさか要から護石を奪ったのですか……!?」

「さもなくば、怪人は出現すまい」

つまり父は要を幻影男爵とする度に、護石を取り上げていたということか。

「どうして、こんなことを……。要、どうして私に何の相談もしてくれなかったの？」

無論、護石を盾に取られ、眞源に命令されたという理由はあるだろう。だが要は芯の通った性格だ。このような悪事に荷担するとは到底思えなかった。

「……お嬢様、時子さまを殺めた下手人は幼い私なのです」

「要、が……？」

不意の告白に全身が大きく震える。要は双眸に涙を浮かべて続けた。

「不注意で護石をなくし、吸血衝動を抑えきれず錯乱した私を宥めようとした時子さまを、私が――。だから、せめて旦那様やお嬢様、紅蓮野家のために報いねば……と」

今も、要は苦しそうに喘ぎながらも、朱里の首筋に視線が釘付けになっていた。

要は必死に吸血衝動と闘っている。それは餓え渇いた人間の前に、水と食料をちらつかせるだけで与えないが如く残酷な行いだ。

朱里はそれ以上要を見ていられず、父に懇願した。

「お願いです。要に護石を返してください、お父様」

「ならぬ」

眞源はすげなく首を横に振った。朱里は声を上ずらせて叫ぶ。

「どうして！　私達は家族だったはず……。だってお母様が亡くなった後も、お父様は要を家に置いていた。追い出したりはしなかったでしょう!?」

言葉は少なくとも、父は朱里同様、要を大切に思っていたはずだ。

「それにお母様の仇は青梅家の者だと仰っていたじゃないですか……！　あれも全て嘘だったのですか」

他ならぬ朱里が、その言葉を盲信していた。清司郎達と過ごしていくうちに違和感が大きくなり、隠しきれなくなった今でも――そう父に問わずにはいられない。

　すると父は拳を強く握り、雷鳴のような声で怒鳴った。

「そうではない、そうであるものかッ……！」

　それまで淡々としていた父が感情をむき出しにしている。朱里は我知らず、体を凍り付かせた。

「時子は青梅に殺された！　青梅の半妖に……！　だから、私は、この十年間、捜して、捜して、仇を、草の根を分けてでも、見つけ、殺して、殺してやると、なのに」

　父の声は歪み、震えていた。

「半年前、要が白状したのだ。時子を殺したのは自分だと」

　両手で頭髪を掻きむしり、首を激しく振りながら、彼は続ける。

「分かるか、仇が、家族の中にいた。私の気持ちが、お前にッ……！」

　血走った目は最早、誰に向けられているかすら分からない。一転、父はうっすらと笑みを浮かべた。

「故に、要には役に立ってもらうことにした。怪人として世を震撼させ、それをお前が討つ。そうすることで紅蓮野の家の名が上がる。仇も討てる。時子もあの世で喜ぶだろう」

　要が苦しげな呻きを上げて、うずくまる。

　――要を、殺す？　私が？

　最早、戦慄するしかない朱里の背後から、絞り出すような声が聞こえた。

「……紅蓮野のご当主、貴方はすでに正気を失っている」

清司郎は結界に拳を叩きつけ、厳しく眞源を見据える。

「悲憤慷慨《ひふんこうがい》、ごもっともです。全て理解できるとまでは申しませんが、俺にも身に覚えがあります。けれど、ご自身にとって大切なものを見失ってはいけない。ましてや朱里さんや要さんを巻き込むなど、言語道断です」

眞源の目がぎょろりと清司郎を睨んだ。しかし怒気を孕みながらも、眞源は夜空を仰いで大笑する。腹を抱え、心底面白いというように。

「は、はは……あっははははは！　――笑わせるなよ、小僧」

眞源は大股でこちらに近づくと、朱里の腕を摑んだ。悲鳴を上げる朱里に構わず、眞源は懐から小刀を取り出した。ドレスからむき出しになった腕に、そっと刀身を這わせる。

「っ……！」

背筋が凍るような鋭い痛みとともに、切り傷から血が流れる。

「――要を殺せ。できるな、朱里？」

有無を言わさぬ声音が、耳に吹き込まれる。

血の匂いを感じ取ったのか、要が弾かれたように顔を上げた。涙に濡れた双眸は、朱里の肌から流れる血に釘付けになっている。要の肩が小刻みに揺れていた。

「ああ……殺して、どうか、殺してください、お嬢様……でないと、私は、貴女まで」

「そんな、どうして……いや、いやだ、要……」

「殺してください、私は、時子さまの、仇、なのです――」

吐血するような贖罪の言葉に、朱里の目からほろりと一粒の涙が零れた。

「幻影男爵を殺せ。母の仇を討て。紅蓮野家直系の娘として、その責を果たすのだ」

「お嬢様、朱里、さま――」

次の瞬間、要の瞳が血のように真っ赤に染まった。かくんと首が折れ、すぐに頭が持ち上がる。それまでの葛藤や自責を忘れたかのように、要は淀みない動作で立ち上がった。

朱里は首筋に焦げるような痛みを感じた。妖魔に命を狙われている、この感覚は――。

「殺さなければ、殺される。……分かっているな、朱里？」

「――貴様ぁッ！」

清司郎が結界へ殴りかかるのと、要が動き出すのはほぼ同時だった。

「ガアア――アァァ！」

獣じみた咆哮を上げて飛びかかってくる要を、朱里は地面に転がるようにして避けた。どうして動けたのかは自分でも分からない。――これからどうすべきなのかも。

「要、やめて……！」

砂埃にまみれた顔を上げる。今の要に理性はない。彼を支配しているのは妖魔――吸血鬼としての本能だ。

「アアアアア！」

再び飛びかかってくる要に向かって、朱里は鞄に忍ばせていた呪符を投げつける。しかし呪符は術を発動させる前に、独りでに燃えて塵と化した。

「なっ……！」

「この結界の中で生半可な術は効かぬ」

眞源は結界術を得手としている。紅蓮野家の本邸を偽装し、隠蔽する大結界を施したのは父である。退魔士の他家は元より、あの青梅家ですら欺くことができる。父ならば夜会の会場で幻影男爵が囚われた結界を壊すことなど容易いし、またこのように高度な結界を作り出すことも可能だろう。

「そう、それこそ……殺しにかかるようなものでなければ、な」

言われて、朱里の脳裏に銀の銃が過った。要に本気で対抗するのならあれを使うしかない。清司郎が日本橋でそうしたように。

けれど、できない。

要を撃つなんて真似は——絶対に、できない。

「くっ……！　朱里さん！」

清司郎が焦燥とともに朱里を呼ぶ。見えない壁に手を這わせ、結界を編み上げている術式を読み解こうとしているらしい。だがいかに清司郎といえど、短い時間で父の結界をどうにかできるとは思えない。

朱里は要を見つめた。絶望を湛えた表情で。

胸に過るのは後悔ばかりだった。どこで間違えたのだろう、どうすれば良かったのだろう。けれどそんな堂々巡りには何の意味もない。

いよいよ足が動かなくなる。指先に冷たいものが伝った。それは肌を這う間にすっかり冷えた自分の血だった。

要を殺すか。

自分が殺されるか。

二つに一つならば、それならば——。

「私は……」

大切な人の命を奪ってまで、生きながらえていたくはない。

要を殺めるぐらいなら。

私が死んだ方が、ましだ——。

「——希望を捨てるなッ！」

鋭い声が朱里を叱咤した。清司郎が結界の外から朱里を見据えて叫ぶ。

「俺は貴女を死なせない。要さんを殺させもしない。こんなこと——決して許さない！」

ああ、と声にならない感嘆を漏らす。

そうだ、この人はいつも真っ直ぐで迷いがない。幼い日の悲劇を前に、曲がってても歪んでもおかしくはないのに、それでも眩しいほどに揺らがない。

今からでは、何もかも遅いのかもしれない。

けれど、自分も——彼のようになりたい。少しでも近づきたい。

朱里は目の奥に力を入れ、顔を上げた。

奥歯をきつく食いしばり、腕の傷をみずからの爪で深く抉った。強く、何度も。

「っ、ぁ……！」

激痛とともに血がぱっと噴き出す。地面に赤い血溜まりが生まれるのに、要が反応した。

「ア、アア――アッ！」

餓鬼のように、要は地面に溜まった血を泥とともに啜り始めた。血を失ってくらりと目眩がした。今にももつれそうな足を叱咤し、結界の外にいる清司郎に向かって駆け出す。

「清司郎さま……！」

「朱里さん！」

結界の壁に向かって手を突き出す。清司郎がその手をしかと握った。

内部から綻びが生まれたことで、結界全体が脆くなる。清司郎は朱里の手を取ったまま、もう片方の手で衣嚢《ポケット》から呪符を幾枚もばらまいた。

途端、呪符の一枚一枚が意思を持ったかのように、結界の内側全体に広がる。肩越しに振り返ると、父は愕然とした表情で結界を見上げていた。

「――オン！」

清司郎の鋭い声が響いた瞬間、結界が内側から崩れ去る。次いで清司郎は要の背中を膝で押さえつけ、首筋に手刀を叩き込んだ。がっ、と呻いて要は昏倒する。

「青梅の小僧がッ……！」

眞源が素早く手印を結ぶ。もう一度結界を張られるか、さもなくば逃げられるか。いずれにせよ――それでは父は救われない。

「お父様、もうやめて！」

朱里はとっさに鞄から銀の銃を取り出した。その大きな銃口を――父に向ける。

「そこから動かないで。もうこれ以上、罪を重ねないでください……！」

眞源は最初、呆けたように朱里を見ていた。実の娘が自分に銃を向けている、その光景が理解できないとでも言わんばかりに。

しかし銃を持つ朱里の手が激しく震えているのを見て、にやりと口端を吊り上げる。

「お前に殺せるものか。たった一人の肉親を、この――父を！」

その通りだ。こんな定まらない銃口が一体、何を撃てるというのか。

一体、どうして父を止められるというのか。

けれど引き下がるわけにはいかなかった。

これが最後の機会だと、分かっていたから――。

「お父様……」

堪えていたはずの涙がまたあふれ出す。視界がぼやけて父の姿が遠くなる。

「ごめんなさい、お父様。朱里が悪いのです……」

せせら笑っていた眞源の動きがぴたりと止まる。朱里は子供のようにしゃくりあげながら、必死に言葉を紡いだ。

「私は自分のことで精一杯でした。ただあなたに従っていればそれでいいと、何も考えずに……木偶《でく》のように振る舞っていたのです。そちらの方が楽だから、何も考えずとも良いから、何にも傷つかずに済むから」

ああ、自分は父の何を見ていたのか。

感情を表に出すのが苦手で、厳格で近寄りがたくて――。

でも誰よりも妻を、家族を愛していた父の、何を。

「けれど、私が……わ、私がっ……！」

喉が詰まって、うまく言葉が出てこない。はくはくと口を開閉して空気を求めるばかりの自分が、ただ情けなかった。

と――。

冷たくなった朱里の手に、そっと温もりが重なる。はっとして顔を上げると、清司郎が朱里の手を優しく摑んでいた。そうして銀の銃ごと腕を下ろさせる。彼に先ほどまでの気迫はなかった。もう――全て終わったと、分かっているように。

朱里は濡れた頰を拭うこともせず、再び眞源の方を向いた。

突っ立っていた眞源の背後から、唐突に腕が伸びた。

「なっ……！」

眞源が声を上げると同時に、紋付袴姿の男があっという間に父を組み伏せる。腕を捻じられ、身を捩る眞源を冷たく見下ろしているのは――青梅朔太郎だった。

「久しくお会いしない間に、すっかり変わられましたな。紅蓮野のご当主」

「お前、は、青梅……青梅の……！」

眞源の口から呪詛のような声が漏れる。朔太郎はその細身からは想像もできないほど巧みな体術で眞源の動きを封じていた。

「貴方や紅蓮野家とは、そう、色々とありました。だが、こんな姿を見たくはなかった」

朔太郎は本心を吐露したのだろう。深い失望と——同情とが、その声音にありありと浮かんでいる。眞源も一拍遅れてそれに気づき、愕然としている様子だった。

二人を見守っていると、目の前に紅玉の首飾りが差し出された。七五三野だった。

「貴女の父上からくすねてきました。さぁ、早く返してあげてください」

軽い口振りとは裏腹に、七五三野は神妙な面持ちをしていた。彼も要と同じく、半人半妖の孤児だった。何かの歯車が一つ違えば、という思いがあったのかもしれない。

「ありがとうございます」

朱里は頭を下げ、首飾りを受け取った。それを倒れ伏す要の首にかけてやる。気を失った要の表情は血と泥に汚れていた。頰には涙の筋がいくつも見て取れる。朱里はかすかに残っていた雫をそっと拭ってやると、意を決して立ち上がった。

その場には会場にいた軍人達が駆けつけていた。じりじりと包囲の網が狭まっていく中、眞源の喚き声が響く。

「そんな目で見るな、私を！　触るな、穢れた手で！　青梅の半人半妖が！　この悪しき妖魔がぁぁ！」

先ほどの朔太郎からの同情で怒り心頭に発したのだろう。激しい抵抗はやがて、絶叫に変わっていった。

「あああああ、時子……時子、時子時子ぉぉお……おおおお！」

それは聞く者の胸を穿つ、すさまじい慟哭だった。あれだけ恐ろしかった父が、地面を手足で叩き、幼子のように泣きじゃくっている。

「……清司郎さま、手を貸していただけませんか」

清司郎は黙って頷き、眞源のもとへ向かう朱里を支えてくれた。

朱里は父のそばで膝をつく。そうして血が滲むほど地に叩きつけられている眞源の手をそっと取った。

「お父様……」

「——っ」

眞源の動きが止まる。自分の頬に涙がぽろぽろと伝うのを感じた。

「私がお父様とちゃんと向き合っていれば、お母様を亡くした哀しみを分かち合っていれば。お父様、ごめんなさい、お母様、ごめんなさい……。二人とも許して。不肖の娘を許してください。朱里を、許してください……」

父がこちらを見上げている。呆けたような表情で。

それがとても痛々しくて、朱里は唇を戦慄かせる。

項垂れるようにして頭を下げる。体が鉛になったかのように重い。それでも地面に額ずかずに済んだのは、清司郎が肩を支えてくれていたからだ。

「ごめんなさい、お父様……それでも」

父の骨張った手を、朱里は自らの頬に寄せた。

「愛しています。朱里は……ずっとずっと、お父様を、愛して、います——」

時の流れが止まったかのような静寂がその場に落ちた。

「……朱里」

ぽつり、と降り始めの雨の如く、名を呼ばれたのがきっかけだった。

「じゅ、り、朱里……要、朱里、時子、と、時子時子時子、あああ、ああああああ——ッ」

水が堰を切って流れ出すように、再び眞源の慟哭が木霊した。

時子、朱里、要——と。

まるで壊れた蓄音機のように、眞源はそればかりを繰り返すのであった。

終章

サンルームの窓から朝日が差し込んでいた。

椅子に座る朱里の縮緬着物に包まれた膝を照らし、床にまで光が広がっている。室内は麗らかな陽気に包まれていた。窓の外に広がる庭は花の盛りを過ぎて久しい。世は新緑の季節だった。

熱い紅茶を飲んでいると、扉が叩かれた。

「朱里さま、若様をお連れしました！」

朗らかなそらの声に、朱里は柔らかく微笑む。

「お通ししてください」

「はい！」

そらが元気よく扉を開ける。その後ろに着物姿の清司郎がいた。

「おはようございます、朱里さん」

「おはようございます――」

朱里が立ち上がろうとするのを手で制し、清司郎はそのまま向かいの椅子に腰掛けた。

そらは清司郎の分の茶は用意せず、一礼してサンルームを辞した。

「すみません。件の事件の事後処理に追われていて、帰ってくるのが遅くなりました」

「いえ……。大変お疲れ様でした」

朱里はゆるゆると首を振った。

件の事件とはもちろん――幻影男爵のことである。正確を期すならば、父・眞源が起こした事件だ。

　あの夜からゆうに二週間は経っている。朱里は清司郎に深々と頭を下げた。

「この度は申し訳ありませんでした。私が言うべきことではないのかもしれませんが、紅蓮野家の者として……眞源の娘として謝罪いたします」

「顔を上げてください。貴女に何一つ咎はありません」

　清司郎ならそう言うだろうとは分かっていた。けれど朱里はそのまま動かない。

「それにもかかわらず、温情を賜り感謝しています。要のことを守ってくださって、ありがとうございました」

　父の身柄は、清司郎が所属する憲兵隊の預りとなった。退魔士の名家の当主が犯した罪を世間には隠蔽しているが、法の裁きは受けることとなる――と聞かされていた。便りは幾度か出したが、返事はない。まだ連絡を取れる状況にないということかもしれない。

　そして要は――青梅家が保護した。怪我と衰弱が酷かったため、一旦麴町の陸軍病院に入院していると、そこまでは聞いていた。

「今日は朱里さんに会わせたい方がいます。――そら」

「はい！」

　再びそらが入ってきた。今度はほうじ茶を用意している。その背後に求めていた姿を見つけ、朱里は思わず椅子から立ち上がった。

「要！」

「お嬢様……」

久方ぶりにまみえた要はすっかり傷も癒えた様子だった。しかし心はそうではないのだろう。合わせる顔がないと言わんばかりの意気消沈ぶりで、今にも土下座しそうな勢いであった。事実、頭を下げ、膝を突こうとしたところを――清司郎が割って入った。

「積もる話もあるでしょう。俺は席を外しますから、お二人でゆっくりしてください」

止める暇もあらばこそ、清司郎とそらはサンルームから出て行く。朱里はその気遣いに感謝しながら――要に歩み寄り、その手を取った。

「要……。すっかり快復したのね。良かった、本当に良かった」

ぽろぽろと涙が頬を伝う。それを見て、要も目を潤ませた。

「お嬢様。お嬢様……本当に、申し訳も……」

「いいの、何も言わないで。せっかくだからお茶をいただきましょう？」

朱里は要を椅子に座らせ、自分も腰を落ち着けた。要は俯いたまま、一向に湯呑みへ口をつけようとしない。朱里は苦笑しながら、要の湯呑みを手に取ると、ふうふうと息を吹きかけた。

「お、お嬢様？」

「要は猫舌だものね。昔、こうしてお茶やご飯を冷ましてあげていたことを思い出して」

要は口を開きかけたが、言葉に詰まったようで何も言わなかった。しばらくお茶を冷ましていた朱里は、湯気が収まってきたのを見て、要に湯呑みを返した。

「ありがとう……ございます」

要はつかえつかえ言いながら、ようやく茶を呑んだ。朱里もカップの縁に口をつける。そらの淹れる紅茶は渋みが一切無く、柔らかく舌に馴染む。

「温かいものを呑むと、ほっとするわね」

「ええ……」

少し落ち着きを取り戻したのか、要は頷いた。そうしてゆっくりと口を開く。

「お嬢様、本当に申し訳ありませんでした。全ては私の落ち度なのです」

「そんなことない。そんなことはないのよ、要……」

「いえ、どうかお聞きください」

確固たる語気で要は言う。朱里は一つ頷き、居住まいを正した。

「……十年前、幼い私は護石をなくし、強い吸血衝動に駆られました。あまり詳しいことは記憶に残っていませんが、気がついた時には目の前に奥様が倒れてらしたのです」

小刻みに肩を震わせながら、要は懸命に話を継ぐ。

「自分のやったことなのだと、はっきりと分かりました。そうして奥様は間もなく息を引き取られた。あまりのことに私は狂乱し、意識を失いました。本当は……すぐにでも奥様の後を追うべきでした。罪を償わなければいけなかった」

湯呑みの水面にいくつもの波紋が広がる。ぽたぽたと零れる涙によって。

「ですが——亡くなる直前、奥様は私にこう言いつけたのです」

──『要、お願いだから、生きて』と。

──『辛いことだと分かっている、それでもどうか生きていて欲しい』と。

「悲しむ旦那様とお嬢様を見て、何度も死のうと思いました。けれどその度に奥様のご遺言が頭を過るのです。私を生かし、私が殺めた奥様……その願いを無下にはできなかった。私はずっと罪を心に秘めて生きてきました」

辛かったでしょう、と本当は声を掛けたかった。けれどそんな簡単な慰めがまるで意味をなさないことぐらい、朱里にも分かる。

母自身、酷な言いつけだと分かっていただろう。それでも、母は要に生きてほしかったのだ。その気持ちも痛いほど伝わってくる。朱里が同じ立場に置かれてもきっとそう願う

──願ってしまうと思うから。

「ですが半年前のある日のことでした。酒を買ってくるようにと旦那様に頼まれたのです。普段、召し上がらないのに、言いつけられたのはかなりの量でした。そしてその晩、見てしまったのです。旦那様が酔い潰れ、奥様の遺影を手に泣かれているところを」

「お父様が……」

朱里は信じられない面持ちで要を見た。あの父が深酒をし、涙するとは。

「もう、私は──限界でした。これ以上、秘密を背負い続けることができなかった。考える間もなく座敷に上がり、旦那様に罪を告白しました。あれほど奥様の仇を捜していた旦那様です。きっと、私を殺してくださると思った……」

しかし現実は違った。青梅家の仕業だと信じていた父は、家族同然に暮らしてきた要が下手人だと知り、そこで——心を壊した。

「そう……だったのね。話してくれてありがとう、要」

「お嬢様……」

要は両手で顔を覆った。

「何故、奥様もお嬢様も、私を責めないのですか。人殺しだと、仇だと、罵ってくだされば。死ねと命じてくだされば、私は——」

「そう思う気持ちは分かるわ。きっと、要はそれを望んでいるのよね。……けど」

朱里は立ち上がり、要に歩み寄った。彼の震える肩に腕を回し、体全体で包み込む。

「私も、お母様も、それ以上にあなたを愛してるの。家族だから。大切な人、だから」

「お嬢様……」

「私も生きるわ。お父様を救えなかった、罪を背負って生きる。だから——お願い。私を遺していかないで。お願いよ……」

要の体が一際大きく震えた。そうして朱里の背にしがみ付き、肩口に顔を押しつけ大声を上げて——泣いた。

要は湘南《しょうなん》の材木座にあるという青梅家別荘にて、しばらく療養させるとのことだった。いずれ罪を裁かれることにはなるが、青梅家が情状酌量を訴えてくれるという。

迎えの車まで見送った朱里は、泣き腫らした要の目を見て、思わず髪を結っていたリボンを解き、差し出した。

「お嬢様、これは……」

「私だと思って。離れていてもあなたの傍にいるわ。そして次に会うときに返してね」

なんとか要をこの世に繋ぎ止めたくて、朱里は彼の手の中にリボンを押しつけた。要は朱里のリボンを強く握り、目を閉じた。

「はい……はい、必ず……！」

車は土煙を上げて、東京駅の方面へ行ってしまった。見えなくなっても朱里は車を見送っていた。きっと再会できると、そう信じて。

どれぐらいそうしていただろうか。いつまでもここにいても仕方ないと、朱里は踵を返した。一人とぼとぼと歩く。なんとなくすぐに自室へ帰る気になれなかった。

そうしていつの間にか離れの裏まで回ってきた。いつだったか、ここで清司郎が早朝に鍛錬をしていたことを思い出す。辺りを見回すと、大きな木の裏に人影を見つけた。

「あ……」

太い幹に背を預け、清司郎が佇んでいた。じっと手の平を見つめたまま、微動だにしない。その表情は物憂げで、らしくなくぼんやりとしている。どうやら朱里が来たことにも気づいていないようだった。

声をかけていいものか迷ったが、要に会わせてくれた礼も言いたかったし——何より清司郎の様子が気になった。朱里は意を決して、彼に歩み寄る。

「清司郎さま」

「えっ、あ、朱里さん……？」

弾かれたように木から離れ、清司郎は見つめていた手をさっと袖の下に入れる。何かを持っていたのだろうか。朱里は内心で首を捻りつつも、丁寧に頭を下げた。

「ありがとうございます、要に会わせてくださって。おかげで……安心できました」

「ええ……」

清司郎は視線を横に逃がしている。さっきからどうしたというのだろう。朱里は今度こそ首を傾げる。

「清司郎さま、どうなさったのですか……？」

「その……。朱里さんはこれから、どうなさるのかと考えていて」

朱里は目を瞬かせた。怒濤の日々を過ごしていて、先のことなど頭にもなかったのだ。けれど、確かに己の身の振り方を決めなければならない時期だ。いつまでも厚意に甘えて、青梅家に居座るわけにもいかない。

「そう、ですね……。まずは遠縁を頼ってみようかと思います。紅蓮野の本家であんなことがあったので、難しいかもしれませんが。清司郎さまや青梅家の皆様には申し訳なく……。なるべく早く行き先を決めます」

「いえ。俺はいつまでもいてくださっても、構わないのですが……」

山から吹き下ろす風が朱里と清司郎の間を吹き抜ける。朱里は下ろしたままの髪がなびくのをとっさに手で押さえた。

「清司郎さま、一つお聞きしたいことがあります。その……勇次郎さまから聞いた『寒緋桜の君』のことです」

「あ……ああ、ええと」

ぎょっとする清司郎に、朱里は矢継ぎ早に言い募った。

「私、思い出したのです。幼い頃、宮城で少し年上の少年に出会ったこと……。彼が青梅家のご当主と連れ立っていて、それから──黒い尻尾が見え隠れしていた」

昔の記憶は朧気でいまいち自信が無い。間違いだったらどうしよう、と弱気の虫が出てきて、朱里は両手の指同士を擦り合わせる。

「彼は母を亡くして落ち込む私を勇気づけてくれたんです。宮城の庭にあった、寒緋桜の下で……」

──あの少年は貴方だったのですか？

はっきりとそう尋ねあぐね、朱里は語尾を濁した。しばらく足元を見つめ、清司郎の返答を待つ。だが随分沈黙が長く、堪えきれなくてちらりと目を上げる。

清司郎は先ほどまでの狼狽を忘れたかのように、真剣な表情をしていた。あまりに真っ直ぐな視線に今度は朱里がたじろいでしまう。

「朱里さん。俺からも貴女に伝えたい……伝えなければならないことがあります」

「は、はい」

固唾を呑んで見守る中、清司郎は大きく息を吸い込んだ。

「実は、青山の廃寺で貴女を見た時から、俺には分かっていたのです。貴女があの時の少女だと。すなわち、紅蓮野家の娘だと」

朱里は大きく目を見開いた。

「そうなのですか……？」

「ええ、確証はなかったので何も言えませんでしたが……。けれど桜の下で振り向いた貴女には、はっきりとあの日の面影が残っていた。見紛うはずがありません、俺は……幼い頃から今まで、ずっと貴女を想ってきたのですから」

心の臓が痛いほど鼓動が跳ね上がり、朱里は思わず胸を押さえる。

──『一目貴女を見た時からです。俺はずっと貴女に恋い焦がれていた』──

それは廃寺で出会った時だと思っていた。けれど違った。もっと前から──十年前から、彼は。

胸が震え、全身が熱くなるのを止められない。

そんなこととは露知らず、清司郎はまるで死地にでも赴くかの如く、諦観と悲哀の表情を浮かべている。

「青梅家の嫡男である自分と、紅蓮野家の長子である貴女では決して相容れない。始めから分かっていました。それに貴女は青梅家を御母堂の仇だと信じていた。俺の正体が露見すればきっと恨まれ、憎まれる。そう思うと言えなかった……」

朱里が青梅家に来る前、一緒に幻影男爵を追っていた時の話だ。退魔士は真名を明かせないし、実際、朱里とて同じだった。だが元来正直者の清司郎は後ろ暗かったのだろう。

「でも俺は少しでもいいから、貴女と共にいたいと願ってしまった。慣れない隠し事をして、詭弁を弄してまで、貴女を少しでも長く繋ぎ止めておきたかった。……愚かなことです。俺に意気地がないばかりに、申し訳ないことをしました。始めから、本当のことを言えば良かっただけなのに」

清司郎は袖の下に手を入れると、何かを取り出し、拳で握り締めた。

そうして再び朱里を真正面から見つめる。

「俺は貴女を愛しています」

何の飾り気もない言葉に、朱里は大きく目を見開く。清司郎は力強い口調で続けた。

「形だけでなく、真実の婚約者になりたいのです」

清司郎が拳を開く。

「――朱里さん、俺と結婚してください」

そこには――ルビーをあしらった菊爪の指輪があった。

聞いたことはあった。昨今は結婚した証として、妻に指輪を渡す習慣があると。

だがいざ目の前にすると、言葉が出ない。朱里の沈黙をどう受け取ったのか、清司郎は覚悟を決めたように言った。

「気遣いは無用です。貴女の正直なお返事をいただければ」

朱里はじっと清司郎の手の中にある指輪を見つめた。宝石はきらきらと赤い光を放っている。

燦々と輝くルビーを見て、朱里の胸に様々な感情が去来する。

清司郎と出会ってから――否、再会してから色々なことがあった。悲しいこと、辛いことがほとんどだった気がする。なのに脳裏に浮かぶのは清司郎の笑顔ばかりだった。ぎこちない笑みもあれば、自嘲気味の苦笑や見守るような微笑まで様々だ。そうして最後に、

――『朱里さん』と。

柔和な声で自分の名を呼ぶ、無邪気な笑顔が浮かんだ。

どうしてあんなに嬉しそうに自分を見つめるのだろうと思っていた。だが今、疑問は氷解する。あれが――愛しいという気持ちなのだ、と。

そう理解した途端、目の奥が火で炙られたように熱くなった。みるみるうちに涙が盛りあがって、あとからあとから頬を伝う。

「じゅ、朱里さん？」

予想だにしていなかった反応だったのだろう。清司郎が焦ったように朱里に声をかける。

そんな風に名前を呼ばれただけで、もうだめだった。

「わ、たし……私っ、は——」

嗚咽が漏れそうになるのを、両手で口を押さえて耐える。顔をくしゃっと歪め、朱里はつかえつかえ続けた。

「わ、分からない、んです。だって、私は、どうしようもない人間で……。何も為せないくせに、矜持ばかりは人一倍あって。貴方にたくさんみっともないところを見せて、酷いことばかり言って、迷惑をいっぱいかけて、だから——そんな、結婚なんて」

朱里は手の甲で涙を拭う。まるで泣きじゃくる子供だった。

「そんな……美しい指輪《もの》を受け取る資格なんて、ないっ——！」

ひっくひっく、と朱里がしゃくりあげる音だけが響いた。

ややあって、清司郎がぽつりと呟いた。

「……資格なんていりません」

清司郎が一歩、歩み寄った。朱里は駄々をこねるようにかぶりを振る。

「駄目、私には分不相応です」

「そんなことはありません」

「到底、清司郎さまの妻にふさわしくない……」

「俺は他でもない貴女がいいのです」

「私だって、でも、でも——」

自分自身の思いが言葉にできない。伝わらない。

そんなもどかしい朱里の気持ちを察したように、清司郎が朱里の手をとり、自らの両手で包み込んでくる。

そのぬくもりが手から腕、胸、そして全身に広がっていく。

泣き腫らした目を上げる。清司郎が柔らかく微笑んだ。

「――朱里さん」

耳に心地よく響く声に、力が抜けそうになる。朱里は取りすがるようにして、清司郎の手を握り返す。

清司郎は穏やかに言った。

「今、ようやく分かったような気がします」

手の甲に固い感触がある。あのルビーの指輪がそこにある。

「俺も貴女も色々な過ちを犯した。だから幸福になることは許されないと思っていた。けれど、そんなことはないのです」

胸中の嵐が過ぎ去り、朱里は微睡みの中にいるような心地になる。

「きっとこれからも間違えることはあるでしょう。であれば、どちらかが正せばいい。そうやって、俺は貴女と生きていきたい」

けれど、それは決して夢ではない、と。

「朱里さん、俺が貴女を幸せにしてみせます。だからそばにいてください」

目の前の微笑みが証明してくれる。

「――俺はそれだけで幸せです」

最後に、涙が一雫頬を伝った。輪郭から滴る前に、清司郎の指が涙を掬う。日の光を弾く雫はきらきらと宝石のように輝いた。

気がつけば、清司郎の胸の中に飛び込んでいた。自分でも何をしているのか分からず、けれど彼のぬくもりが、存在が、すぐそこにあることに安堵して、ただ体を震わせる。

「ごめんなさい。今だけ……ごめんなさい」

「朱里さん……」

最初は驚きに身を強張らせていた清司郎だったが、やがてぽんぽんとあやすように朱里の背中を叩く。抱きしめてくれればいいのに、とそんな考えが頭を過り、頬が熱くなる。

「も、もう大丈夫です、すみません」

膨れ上がっていたはずの感情が、羞恥心に上塗りされる。不幸中の幸いなのは、おかげで少し冷静さを取り戻せたことだ。

風に煽られる髪を耳にかけながら、朱里はぼそぼそと言った。

「私……その、あまり分からないのです。人に恋をするとか、人を愛するとか……。ほとんど家族としか関わってきませんでしたし、退魔士の役目をこなすのに精一杯で、ろくに友人もいません。学友がしきりに語る恋愛というものも、分からなくて……でも」

顔を上げるのが恥ずかしい。けれどこの言葉を伝えるのに俯くわけにはいかなかった。

だから意を決して、朱里は清司郎の目を見つめる。

「清司郎さまのおそばにいたい……。離れたくないのです」

清司郎の目がみるみる見開かれる。朱里は心許ない口調で尋ねた。

「こんな曖昧な気持ちでも、良いのでしょうか……？」

清司郎は口を開きかけ、一旦閉じた。見ると、朱を差したように目尻が赤くなっている。彼はそれを隠すように目元を片手で覆った。

「十分すぎるかと……。少なくとも、俺にとっては」

「そうですか……？」

清司郎は目を覆っていた手を離し、ぎゅっと握った。そして尚も不安げな朱里に顔を寄せ、間近から覗き込む。

「指輪を、つけてもいいですか」

「えっ、あ……はい。ど、どちらの手でしたっけ」

「左手の薬指です」

朱里はあたふたと左手を差し出した。清司郎は朱里の手をそっと取り、ぎこちない手つきで薬指に指輪を嵌める。

自分の指の上で輝く宝石を、朱里はまじまじと見る。ルビーは光を受けて眩しいほどに輝いている。その赤い煌めきに吸い込まれそうだ。

「綺麗……」

指輪は初めてつけるにもかかわらず、自然と体に馴染んでいる。清司郎がほっと安堵の息をついた。

「良かった。ぴったりですね」

「そういえば、どうしてですか？」

当然だが、指輪にも寸法がある。目視だけで測れるものでもないだろう。純粋に疑問を発したつもりだったが、清司郎は途端に言い淀んだ。

「あぁ……ええと。実は百貨店に行った際に、買い求めたものでして」

「日本橋の、ですか？」

確かにあの時、店員に見せてもらった指輪に似ている。いや、同じものではなかろうか。あの時は贅沢な買い物に混乱していてよく見られなかったが――。

「はい……。結婚指輪がまだならどうかと」

試着の際に、朱里の指回りの寸法を知った店員が気を利かせたらしい。つまり本当の婚約に至らないうちに清司郎は指輪を買っていたことになる。

「こ、断りきれずにということですか？　このような高価なものを？」

「確かに、あそこは叔父の会社とも関係が深いのでそれもありますが……」

つと、清司郎が横に視線を逃がす。

「そのルビーを見て、朱里さんならさぞお似合いになるだろうと考えてしまって、つい。もし全てが終わったら、差し上げるつもりでした。俺の理想と我が儘に付き合わせてしまったわけですから、お詫びというかお礼というか。もちろん金銭に換えてもらっても構いませんでした。だから決して無駄にはならない、と買ったのですが……」

清司郎は朱里の薬指に目を落とし、無垢な少年のようにはにかむ。

「まさか、本当につけてくださるとは思いませんでした」

瞬間、沸き立つように体の奥から熱が込み上げる。指輪がある薬指を手で包み込んでもそれは収まらず、朱里は再び、飛び込むように清司郎に体を預けた。

「朱里さん？」

「……ぎゅってしてください。強く」

込み上げる羞恥に負けないよう、朱里は言葉を絞り出す。

「ほ、本当はさっき、そうしてほしかった……のです」

すぐそばから息を呑む音が聞こえた。さすがにはしたなかっただろうか、と心配になったが、清司郎は朱里の背中に腕を回し、温かく包み込んでくれた。

「俺も、同じ事を思っていました。……つくづく意気地無しですみません」

「いいえ。そんなところも清司郎さまらしくて好きです」

意識せずそんなことを口にしてから、ああ、これが恋なのかもしれない、と思い当たる。

触れている体温がにわかに高くなるのを感じ、朱里はふっと頬を緩めた。

清司郎の胸にそっと耳を押し当てる。少しばかり速い鼓動が、確かに彼がそばにいるのだと実感させてくれた。

本書は書き下ろしです。

大正《たいしょう》仇恋《あだこい》戯曲《ぎきょく》

あやかし帝都《ていと》のジュリエット

住本優《すみもとゆう》

2025年3月5日初版発行

発行者……加藤裕樹
発行所……株式会社ポプラ社
〒141-8210 東京都品川区西五反田3-5-8
JR目黒MARCビル12階

フォーマットデザイン 荻窪裕司(design clopper)
組版・校閲 株式会社鷗来堂
印刷・製本 中央精版印刷株式会社

ポプラ文庫ピュアフル

ホームページ www.poplar.co.jp

N.D.C.913/258p/15cm
ISBN978-4-591-18561-2
P8111397

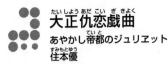

人の生命力を吸いとってしまう少女と
不老不死の孤独な青年が織りなす、婚姻譚開幕。

忍丸

『死神姫の白い結婚　解けない運命の赤い糸』

装画：姐川

異形を狩ることを生業とする、祓い屋の名家の娘・神崎雛乃。近付くものの生命力を吸い取る異能を持つ彼女は「死神姫」と呼ばれ、周囲に疎まれ孤独に生きてきた。そんなある日、敵対する一族の元当主・龍ケ峰雪嗣への嫁入りの話が舞い込む。形式上の婚姻ととらえる雛乃だったが、「不老不死」の異能を持つ雪嗣は、雛乃の傍にいることができる唯一の人だった。ふたりは運命に導かれるように惹かれ合うが……？

心に埋まらない穴を持つ少女が愛を知る
京都が舞台の和風あやかしストーリー！

八谷紬
『京都上賀茂、神隠しの許嫁　かりそめの契り』

装画：春野薫久

幼い頃、神隠しにあい、その記憶を失った大学生の人見紅緒は、祇園祭前、智積院で洋傘を見つけた。瞬間、見知らぬ見目麗しい白髪の男性と出会い、「迎えに来てくれた」と懐かしさを覚える。翌日、傘に導かれて上賀茂神社近くの『古どうぐや　ゆらら』に辿り着き、昨日の彼――眞白と再会。突如、結婚準備を始められそうになり、過去に婚約したと告げられて……？

嘘と偽りを武器に国を取り戻す。
痛快中華後宮ファンタジー第1弾！

唐澤和希
『四獣封地伝　落陽の姫は後宮に返り咲く』

装画：夢子

誠実さを美徳とする誠国の王女・詩雪は、王族に伝わる「嘘を聞き分ける力」を持たずに生まれ、周囲から蔑まれつつも強かに生きてきた。ある日、欲深い継母・呂芙蓉が国の実権を握らんと王を暗殺、自らの息子を新王とする。城を追われた詩雪は、溺愛してくる謎の美青年・晶翠に助けられ身を潜めるが、新統治に苦しむ民に心を痛めていた。そんな中、宮女募集の噂を聞きつけて……？